隠れ才女は全然めげない
義母と義妹に家を追い出されたので婚約破棄してもらおうと思ったら、
紳士だった婚約者が激しく溺愛してくるようになりました!?
宮之みやこ
ill. 早瀬ジュン

CONTENTS

隠れ才女は全然めげない
義母と義妹に家を追い出されたので婚約破棄してもらおうと思ったら、
紳士だった婚約者が激しく溺愛してくるようになりました!?
宮之みやこ
ill. 早瀬ジュン

プロローグ

悪口（わるくち）には慣れている。

やれ成金だの、やれ赤毛が下品だの、やれ化粧が濃すぎるだの、好き放題言われてきた。

その中でも耳が腐るほど聞いたのがこれだ。

「婚約者のクラウス様がかわいそう！」

それは誰よりもジネットが一番知っていることだった。同時に、こう思っていた。

どうにかして、クラウス様を解放してあげたいわ！　と。

お金で買われた眉目秀麗のクラウス・ギヴァルシュ伯爵と、お金しか持っていない成金令嬢ジネット・ルセル。

それが、ジネットと婚約者に対する世間の評価だった。

第一章　父が事故で行方不明になりました

その日、真っ赤な唇を歪ませながら、まだ年若く美しい義母は言った。

「ジネット、あなたこの家から出て行ってくれるかしら？」

ジネットの義母レイラは、今日も高価なドレスに身を包み、美しく化粧をしている。

その顔は血色よくツヤツヤとしており、とてもじゃないが、彼女の夫が最近行方不明になったばかりだとは誰も思わないだろう。

それは隣に立つ義妹のアリエルも同じだった。彼女に至っては悲しむどころか、微笑みすら浮かべている。

ジネットは目を丸くした。

「……あの、お義母様。それは一体どういう意味でしょうか？」

ルセル男爵家の大黒柱である父が、事故で行方不明になって早一週間。

まだ生死の確認すら定かではないというのに、どうやら義母の中で父は既に死に、彼女がこの家の主になっているらしい。

ジネットの問いに、義母がはぁ、とわざとらしいため息をつく。

「あなたって本当に頭が悪いのね。意味も何も、少し考えればわかることでしょう？　わたくしはまだ若くて将来有望なのに、あなたみたいな大きな娘がいたら困るのよ」

その言葉に、ジネットはチラ、と隣に立つアリエルを見た。

（アリエルは私とひとつしか違わないけれど、いいのかしら……？）

ジネットは今年十八。対してアリエルは今年十七。ほとんど違いはない。

けれど口には出さなかった。きっと義母は、わかった上で言っているのだ。


――すべてはジネットに嫌がらせするために。


昔から、ふたりに嫌われているのは知っていた。

義母はジネットが十歳の時にやってきた後妻で、アリエルはその連れ子。来た当初は仲良くなれるかと期待したのだが、残念ながら向こうは違ったらしい。

父がいるところでは優しいものの、いなくなった途端、態度が豹変。

父が不在がちなのをいいことに、ふたりはずっとジネットに嫌がらせをしてきた。

「あらぁ？　ジネット、あなた少し太りすぎなのではなくって？　このままじゃ豚って笑われてしまうわよ。今日は夕飯を抜きなさい」

と義母にけなされて、ジネットだけ食事が出ないことはしょっちゅう。

別の日にはアリエルから、

「まあ、お姉様！　その恰好、娼婦みたいね？　私たちの品性まで疑われてしまうから、今日は出席を控えてとお母様がおっしゃっていたわ」

とやっぱりけなされた挙句、ジネットだけお茶会に連れていってもらえないこともしばしば。

さらに別の日には、義母が窓の縁を指でつつーと拭いながらこんなことを言った。

「まだほこりが残っているじゃない。ここはあなたの侍女の担当でしょう？　主人が無能だと侍女も無能なのねえ……。代わりにあなたが責任もって掃除しなさいな」

手をあげられることはなかったものの、いじめと呼ぶには十分だったのだろう。

——だがジネットはめげなかった。全然めげなかった。

なぜなら、ジネットは幼い頃から父の口癖を聞いていたのだ。

『逆境こそ成長するチャンスだ』と。

その口癖はジネットにも移り、やがて義母たちに何か嫌がらせをされるたびに、ワクワクしながらこう思うようになった。

「これはお義母様たちが与えてくださった試練……つまり、ご褒美なのね！」

と。

そんなジネットの生き生きした態度が気に入らなかったのかもしれない。義母たちのいじめはさらに加速した。

気付くと使用人代わりにこき使われるのが当たり前になり、汚い言葉で脅されたり罵られたりも日常茶飯事。しまいには、ジネットの持ち物が次々と盗まれるように。

それでもジネットはめげなかった。

なのに。

（今になって私を追い出そうとするなんて……あっ！　まさか⁉）

ジネットはハッと手で口を押さえた。

（もしかして……これは新手のご褒美なのでは⁉）

普通、父がいなくなった瞬間に継子(ままこ)を追い出すなどという血も涙もない行いはしない。

つまり、義母たちの行動には理由があるのだ。

（『獅子(しし)は我が子を千尋(せんじん)の谷に落とす』ということわざがあるもの。きっと、お義母様もそれを狙っていらっしゃるのね！　いえ、もしかして今まで嫌がらせだと思っていたものも、実は全部愛情の裏返しだったのかも……⁉　ああ、ふたりとも、気付かなかった私をお許しください！）


――ジネットはどこまでも鈍感だった。そして、恐ろしいほどに前向きだった。


口を押さえて震えるジネットを、ふたりは悲しんでいると勘違いしたらしい。待っていましたとばかりに、アリエルが進み出る。

「大丈夫ですわお姉様。心を入れ替えて誠心誠意尽くすと誓えば、お母様だってお姉様を放り出したりしません」

輝く金髪に、美しい青い目。可憐(かれん)な笑みを浮かべたアリエルが甘ったるい声で続ける。

「クラウス様との婚約は解消されますが、新しい婚約者をすぐ見つけてくれるはずです。ちょっとばかりお年を召した方になるかもしれないけれど、家を追い出されるよりはずっと、ね？」

その言葉に、義母が満足そうにうなずく。

クラウスは、ジネットの長年の婚約者だ。つまり彼女たちが言っているのは、『クラウスとの婚約は問答無用で解消するが、ジネットが服従を誓えば、年老いた貴族には嫁がせてくれる』ということらしい。

（なぜそんなまどろっこしいことを……ハッ！　もしかしてこれも、私の背中を押すために⁉）

新たな発見にジネットが震えていると、アリエルがぽっと頬を染めながら続けた。

「安心してください。今後はお姉様の代わりに、私が立派に社交界に咲いてみせますわ。内緒にしていたんですけれど、実は以前クラウス様にも、とてもかわいいねと褒められたんです……」

（ああ、そういえばアリエルは、以前からクラウス様がお好きだったものね）

ジネットの婚約者であるクラウスは、社交界で名を知らぬものはいないほどの美男子。アリエルはそんな彼にひとめぼれし、ずっと彼の婚約者にしてほしいと父に訴えていたのだ。

ついでにジネットを蹴落とすため、社交界でせっせとジネットの悪口を吹聴していたのも知っている。

「さぁ、どうするジネット？　どうしてもこの家に残りたいなら、まずは心を入れ替えて私たちに忠誠を誓えるかしら？」

勝ち誇ったように義母が言う。アリエルもくすくすと笑っていた。

そんなふたりを見ながら、ジネットはしゃきっと背筋を伸ばして力強く答えた。

「いいえ、大丈夫です！」

「……え？」

思わぬ返答に目を丸くするふたりを尻目に、ジネットはにっこりと微笑む。

「言われた通り、私はこの家を出て行こうと思います。お義母様たちもどうぞお元気で！」

はっきりきっぱりと、ジネットは答えた。

（だって、それがお義母様たちのくれたご褒美だものね！）

一方、満面の笑みを浮かべるジネットとは反対に、義母たちは明らかにうろたえていた。

「な……何を言っているの！　あなたが家を出てやっていけるわけがないでしょう！」

「そうよお姉様、ついに頭までおかしくなってしまったの？　野垂れ死にしてもいいの⁉」

やいのやいのと、なぜかふたりの方がジネットより焦っている。

（ふふっ。お義母様たちったら、やっぱり心配になってきちゃったのね。確かに普通のご令嬢だったらやっていけないかもしれないけれど……）

ジネットはじっと目の前に立つアリエルを見た。

彼女のように、家で大事に守られてきた令嬢が家を追い出されたら大変だ。

落ちぶれてみじめな生活になるか、あるいは攫われて娼館に売り飛ばされるかもしれない。

なまじ貴族として育ってきた分、生活苦には到底耐えられないだろう。

けれどジネットは違った。

なぜなら、父は一代で豪商として大成功を収め、お金の力で爵位を買った成金貴族。ジネットはそんな父から、幼少期からじっくりと淑女教育ならぬ成金教育を受けてきたのだ。

――令嬢たちが初めてダンスを習った日、ジネットは帳簿の書き方を習っていた。

――令嬢たちが夜会で令息たちと恋の花を咲かせていた頃、ジネットは商人のおじ様たちと商談に花を咲かせていた。

――令嬢たちが宝石の髪飾りを眺めてうっとりする横で、ジネットはその宝石の価値を見極めようと目を輝かせていた。

だからジネットは知っている。

実家に頼らずに生きていく方法を。

ひとりで生きていく方法を。

父が、『何かあっても女ひとりで生きていけるように』という教育方針のもと、ジネットを育て上げたからだ。実践教育として、実際に店に立って接客したり、商品を開発して売り出したりしたこともある。

しかし残念ながら、義母と義妹はそのことを知らなかった。

正確には、父がなんとかアリエルにも同じ教育をつけさせようとしていたのだが、本人が嫌がったらしい。

帳簿の書き方よりダンスを選び、商会のおじ様より見目麗しい令息を選び、宝石の価値を見極めるより、うっとりと眺める方を選んだ。

それは年頃の令嬢としては自然な行動だったため、父も特に無理強いしなかった。

そうしているうちに、ジネットが日々行っている勉強は、アリエルにとって『変でよくわからないもの』になっていったらしい。

そこまで思い出してから、ジネットはふたりに向かってニコッと微笑んだ。

「ご心配ありがとうございます。でも、大丈夫だと思います！」

そう言うと、くるりと背を向ける。

後ろから「待ちなさい！」という声が聞こえるが、一度決めたジネットはどこまでも猪突猛進（ちょとつもうしん）だった。

（私、一度実家じゃないところで暮らしてみたいと思っていたの！　しかも、行き先は自分で選べるなんて！　とてもワクワクするわ！）

廊下を歩く足取りが、つい軽くなってしまう。鼻歌まで歌い出してしまいそうだ。

（さあ、急いで支度をしなければ！）

――ジネットは長年、ただ黙ってやられてきたわけではなかった。

食事を抜かれた日は、こっそり厨房（ちゅうぼう）に行ってご飯を食べさせてもらった。毎回お礼と称してお金を渡していたら、最後には義母たちが食べる料理より豪華に。

お茶会に連れて行ってもらえなかった日は、町娘に扮（ふん）して侍女とともに下町を散策した。流行（はや）っている店や商売敵の店にもぐり込み、たっぷりとその技術を目で盗んできたものだ。

掃除を押し付けられた時は、使用人たちに頼んで懇切丁寧に教えてもらった。掃除がしやすいようにと新しい掃除道具を開発したら、えらく感謝された上に、商品としてとんでもなく売れた。

ほかにも、押し付けられた無理難題のおかげで新しい取引先を見つけるのが得意になったし、義母の罵詈雑言に慣れすぎているせいで、社交界での悪口はそよ風も同然。

（物を盗まれるのだけは厄介だったけれど……それも、結果的によかったのかもしれない！）

思い出しながら、ジネットは自室に踏み入れた。

それから、壁に埋め込まれた仕掛け装置を正しい手順で発動させていくと、カチッという音がして隠し棚が開く。

その中に入っているのは、盗まれたくない本当に大事な宝石類と、小さな鍵がひとつ。

父は子どもだからとジネットをただ働きさせるようなことはせず、働きに見合ったお金をきちんと渡してくれていたのだ。

結果、銀行にはジネット名義の金貨がたっぷり眠っている。その金庫を開ける鍵こそ、目の前にある鍵だった。

ジネットは鍵をつまみ上げると、満足そうに微笑んだ。

（お金を隠しておいて、本当によかった！）

それからジネットは、ベッドの上に旅行鞄を広げると急いで荷物を詰め込み始めた。

（まずはどこの宿に行きましょう？　色々な宿屋をはしごするのもきっと楽しいわ！）

などと考えていると、コンコンとノックの音がして、姉妹同然に育った侍女のサラが入ってくる。

サラは茶色のおさげを揺らしながら、義母たちに対する嫌悪を隠そうともせずに言った。

「お嬢様、今度はどんな無茶難題を言われたんですか？　南国の珍しい果物が食べたいとか？　それとも人気の希少宝石を手に入れてこいと？」

サラはいつも通り、ジネットが無理難題をふっかけられたと思っているらしい。

「ううん、何も買わなくていいみたい。代わりに、私がこの家を出て行けばいいのですって！」

ジネットがそう言った途端、サラの顔がクワッと険しくなる。

「お嬢様が家を出るってどういうことですか⁉　またあの女の仕業ですか⁉　今までずっと我慢してきましたが、もう限界です！　今日こそあのアバズレの頰をひっぱたいてやる！」

腕まくりをして鼻息荒く突っ込んでいこうとする彼女を、ジネットはあわてて引き止めた。

昔からサラは、ジネットのことになると少々……いやだいぶ過激なところがあるが、さすがに主人家族に暴行を振るうのはまずい。

「サラ、待って！　これはお義母様たちの愛のムチ……つまり、新手のご褒美だと思うの！」

「いえ絶対に違うと思いますけれど」

「お義母様たちとお別れするのは寂しいけれど、私のためにわざわざ背中まで押してくださったんですもの。その気持ちに応えなくっちゃ！」

サラは最初「そんなバカな……」という顔をしていたが、「お義母様たちとお別れ」という言葉を聞いた瞬間、キラッと目を輝かせた。

「お嬢様……ついに決断してくれたのですね！」

それからガシッとジネットの両手をつかむ。

「サラは、ずっとずっとこの日を待っておりました！　お嬢様が、あの母娘（おやこ）と決別してくれるのを！」

「そうだったの⁉　ごめんなさい。私、全然気付かなくて……」

ジネットが謝ると、サラはからからと笑った。

「仕方ありませんよ。だってお嬢様ったら全然平気そうでしたし、むしろ楽しんでいましたよね？」

「た、楽しんでいたわけじゃないのよ？　ただ、勉強になることも多いなあと思って……」

義母たちは皮肉なことに、「厄介な客」として練習相手にぴったりだったのだ。

しかも本物の客と違って、多少失敗したり雑に扱ったりしても、いつも通りの嫌味を言われるだけで済む。まさに練習相手にうってつけだった。

そんなジネットに、サラが小さくため息をつく。

「そのたくましさがお嬢様のいいところですね。唯一不満なのは、お嬢様の方が家を出なくちゃいけないことですが。お嬢様こそ、この家の主人であるべきなのに……」

「それは違うわ、サラ」

ジネットは首を振った。

「もともとこの家は、アリエルが相続するとお父様も言っていたでしょう？」

「それはそうですが……」

父はずっと、爵位や家をアリエルに継がせ、代わりに父が会長を務めるルセル商会をジネットに継がせると言っていた。そのためジネットは、毎日商売の勉強に励んでいたのだ。

（とは言え、お義母様は商会についてひとことも話していなかった……。はっ！　もしかして、これもご褒美のひとつでは⁉）

考えていると、サラが口を尖らせてぼやく。

「旦那様が決めたこととは言え、私はやっぱりあのふたりは大っ嫌いですね！　失礼ながら旦那様は、女性を見る目が致命的に欠けていらっしゃいますよ」

家同士の結婚であったジネットの母とは違い、義母は父がものすごく酔っぱらった日の夜に連れ帰ってきた女性。性格も何も知らない状態で、あっという間に再婚が決まってしまったのだ。

「そうなの？　私を殺そうとしてこないだけ、とても優しいと思っていたのだけれど……」

「物騒すぎません？　そこまでいったら事件ですよ！」

サラの言葉に、ジネットはくすくす笑った。

「それにね、サラ。この家の主人は、今もお父様のままよ」

言いながら、ジネットはそっと小さな絵を撫でる。そこに描かれているのは、若き日の父と亡き母と、まだ赤ちゃんのジネットの姿だ。

「お義母様は亡くなったと決めつけているけれど、お父様は三度雷に打たれても死ななかったような方よ。諦めるなんて、早すぎるわ」

父が行方不明になってから、まだたったの一週間なのだ。

聞けば、隣国ヴォルテール帝国に仕事で行った際に、雨でぬかるんだ道に車輪を取られ、馬車ごと崖上から落下したらしい。けれど馬車は発見されても、そばに父の姿はなかったとも聞いている。

「本当は私がお父様を探しに行ければいいのだけれど……女である私が出国するには許可証が必要だし、土地勘もないから。まずは信頼できる人に、お父様探しをお願いしないと！」

言いながらジネットは気合いを入れた。

これからやることは山積みだ。まずは知り合いのおじ様たちを当たって、未成年かつ女性であるジネットを雇ってくれる人がいないか探す。それから生活基盤を確立しつつ、今度は父を探してくれそうな人を探す。

（それから……）

ジネットはもうひとつ、とても大事なことを思い出していた。

（クラウス様にも、私のことを婚約破棄してもらわないと！）

クラウス・ギヴァルシュ伯爵。

長年の婚約者のことを考えて、ジネットはぎゅっと手を握った。

――ジネットが婚約者であるクラウスと婚約したのは、ジネットが十三、クラウスが十七の時だ。

彼は由緒正しい、けれど没落してしまった名家の跡取り息子だった。

祖父の代で膨大な借金をこさえてしまい、前伯爵であるクラウスの父がなんとか食いつないできたものの、それもついにある日限界が。

いよいよ爵位も家もすべて売らなければいけなくなった時に颯爽と現れたのが、ジネットの父だった。

（お父様は爵位を買い取るのではなく、クラウス様を私の婚約者にしてくださった。それからギヴァルシュ家の借金をすべて返済して、金銭面でも援助を始めて……）

そうしてジネットの婚約者となったクラウスは、社交界で名を知らぬ者はいないと言われるほどの美男子だった。

神々しいまでの艶を放つ銀髪に、紫色の瞳はどんな宝石よりも澄んでいる。

その美しさは絵画に描かれた大天使のようだと言われ、おまけに誰に対しても優しく紳士な〝聖人〟だともっぱらの評判だった。

ルセル家に初めて彼がやってきた時も、ジネットはこんなに綺麗な男の人がいるのかととても驚いたものだ。

そしてもうひとり、ジネット以上に、クラウスに魅了された人物がいた。

アリエルだ。

義妹のアリエルは、クラウスをひと目見て気に入ってしまったらしい。父に自分が婚約者になりたいと騒ぎ立て、それが叶わぬと知るやいなや豹変した。

執拗にジネットの周辺をうろつきまわるようになり、探りを入れ、同時に根も葉もない噂を流し、少しずつジネットの名をおとしめていった。

クラウスとの婚約でジネットを妬むものは多く、喜んでその噂に乗った令嬢も多かったらしい。

(だから社交界から離れられるのも、少し嬉しかったりするのよね……)

鞄に服を詰め込みながらジネットは思った。

もともと令嬢たちとは話が合わない上に、クラウスとの婚約以降好き放題言われてきた。

さらに、ジネットのせいで、心無い言葉はクラウスにまで及んでいたのだ。

「クラウス様は身売りしたのね」

と言われるのはまだいい方。

中には公共の場で、こんな話をする令嬢もいた。

「じゃあお金を出せば、クラウス様は誰とでも結婚するってこと？」

「だってあの〝成金〟と結婚するくらいだもの。よっぽどのことよねえ」

「そんなにお金に困っているなら、彼に聞いてみようかしら？　代金をはずむから、私と一晩いかがって」

クラウスの悪口を聞くたびに、ジネットは腹が立ってしょうがなかった。

自分が悪く言われるのは痛くも痒くもない。でもあんなに完璧で優しく、すばらしいクラウスをけなされるのは許せなかった。

怒ったジネットが文句を言いに行っても、令嬢たちはくすくす笑うばかり。自分たちが見下した相手に対しては、どんな態度をとってもいいと思っているらしい。それもジネットが社交界を好きになれない理由のひとつだった。

（そもそもクラウス様の婚約者が私じゃなかったら、きっとこんなに悪く言われることもなかったのに……！）

それは長年、ジネットがずっと気にしていたことだ。

ルセル家ではなく、もっと良い家柄のご令嬢と婚約していたら。

周りは何か思っていても、ここまで堂々と言わなかっただろう。

（でも、それももうおしまいにできるかもしれない！）

パタンと旅行鞄の蓋を閉じて、ジネットは顔を上げる。

(ギヴァルシュ伯爵家は、お父様のおかげで持ち直したと聞くもの。婚約を望んだお父様には申し訳ないけれど、クラウス様を解放するなら今がチャンスだわ！)

ジネットはぐっと拳を握った。

(なんとかして、私を悪者にした〝婚約破棄〟をしてもらわないと！)

今〝婚約解消〟したら、ジネットたちにとっては円満だが、心無い人たちに『クラウスはルセル家を利用してお金だけ手に入れた』と言われてしまうかもしれない。

そう言わせないためには、ジネットに明らかな落ち度があるように見える〝婚約破棄〟をしてもらおうと思ったのだ。

もともとジネットの評判は地に落ちている。今さら失うものもない。

そこまで考えて、ジネットはふと思い出した。

「と言ってもクラウス様は、留学先から戻ってきていたっけ……？」

彼は現在、父の支援のもと、東のヤフルスカ王国に留学している。それもあってふたりの結婚は実現していなかったのだが。

(手紙はもう届いているはずだけれど……)

考えていると、クラウスの名を聞きつけたサラが嬉しそうに近づいてくる。

「もしかして、クラウス様のところに行かれるのですか？　それがいいですよお嬢様！　このまま結婚して向こうのお屋敷に住んじゃいましょうよ！」

ジネットはあわてて否定した。

「違うの、サラ。クラウス様には、私との婚約を破棄してもらおうと思っているの」

「お嬢様、正気ですか⁉」

クワッと、サラが目を見開いた。

「いくらお嬢様とて、さすがにそれは全力で止めますよ⁉」

詰め寄ってくるサラに、ジネットは困惑した。

「えっ、どうして？」

「それを聞きたいのは私の方ですよ！　なんであんなすばらしい方を手放してしまわれるのですか⁉」

鼻息荒いサラをやんわりと押しとどめながら、ジネットは困ったように答える。

「だって、どう考えても私と婚約破棄した方がいいでしょう？　クラウス様がすばらしいのは心から同意だけれど、彼が悪口を言われているのは大体私と関わったせいだもの」

ジネットがそう言うと、サラは信じられないものを見るような目をした。

「お嬢様……まさか気付いておられないのですか？」

「えっ？　何に？」

けれどサラは答える代わりに、ものすごく渋い顔をしただけ。

「……わかりました。なら、お嬢様はすぐにでもクラウス様にお会いになるべきです」

「そうね！　今すぐ会いに……行きたいところだけれど、まず宿屋を見つけなくては」

「わかりました。では私も準備してまいりますので少々お待ちを！」

その言葉に今度はジネットが目を丸くする番だった。

「サラ……あなたもついてくる気なの？」

「もちろんですよ！」

サラがかぶせ気味に答える。

「お嬢様のいるところが私のいるべき場所ですから！」

「でも……今はまだ貯金があるけれど、この先どうなるかわからないのよ？　生活だって手さぐりだろうし、あなたにとってはこの家にいた方が安全だと思うの」

「お嬢様」

ジネットの言葉をさえぎるように、サラは微笑んだ。

「お忘れですか？　そもそも私がこのお屋敷に来たのも、お嬢様が私を見出してくれたからではありませんか」

「それは……そうだけれど……」

実は、サラはジネットが八歳の時に孤児院から引き取ってきた少女だった。

「孤児院でいじめられて、仕事を全部押し付けられていた私に『わたしについていきてください！』と声をかけてくれたのは、ほかならぬお嬢様ですよ」

「もちろん、覚えているわ」

ジネットよりも二歳年上の、当時十歳だったサラは今の彼女からは考えられないほど気が弱かった。それでいて手先が器用で仕事も速かったために、孤児院の大人からさまざまな雑用を押し付けられていたのだ。

ジネットが訪れた孤児院のバザーに出されていた編み物も、表向きはみんなで作ったものとされていたが、実際はすべてサラひとりで作ったもの。

それをただひとり見抜いたのが、ジネットだった。

懐かしむようにジネットが目を細める。

「今でもよく覚えているわ。趣向を変えたすばらしい作品がたくさんあったけれど、編み目や色の配置が統一されていて、すぐに全部同じ人が作ったとわかったの。あれだけの量を作ったのなら、きっと編みダコだってできている。でもあの孤児院で指に編みダコがあったのは、あなただけだったんだもの」

ジネットの言葉を、孤児院長は最初鼻で笑っていた。だがジネットが「サラを引き取ります」と言った途端、あわて始めたのだ。

最後は父が黙らせたが、あの時のがっくりとうなだれた院長の姿は今でもよく覚えている。

ジネットの言葉に、サラは懐かしそうに顔を綻ばせた。

「あの時手を差し伸べてくれたお嬢様は、私にとって生きる意味そのものなんです。お嬢様が行くと言うのなら、私は地の果てまでご一緒しますから！　置いていったって、絶対追いかけて見つけますからね⁉」

腕まくりして鼻息荒く言うサラを見て、ジネットは笑った。それから優しくサラの手を取る。

「わかったわ。そこまで言うのなら一緒に行きましょう。……本当はね、ひとりは少しだけ心細かったの。サラがついてきてくれるのなら、こんなに嬉しいことはないわ！」

「お嬢様……！」

サラが目を潤ませた。それからあわてて指で目元を拭う。

「そうと決まれば、私も支度をしてきます！」

言うなり、サラはものの数分も経たないうちに、鞄を抱えてジネットの元に戻ってきた。

それからふたりは義母たちに気付かれないよう、使用人たちに匿(かくま)ってもらいながら、こっそりと裏門をくぐる。

「私の大切な実家だけど……今はさよならね」

最後に悠然とたたずむ屋敷を見上げてから、ジネットたちは背を向けた。

◆

「――なんだって？　ジネットがいないとは、どういうことですか？」

通されたルセル家の応接間で、夫人の言葉を聞いたクラウスがぴくりと眉を震わせた。

普段声を荒らげることなどなく、それどころか微笑み以外を見せたことのないクラウスの切迫した表情に、夫人だけではなく娘のアリエルも目を丸くする。

「ルセル卿(きょう)が行方不明になったと聞いて留学先から飛んで来たのに、まさか彼女まで消えてしまうなんて……！」

額を押さえるクラウスに、あわてた様子のルセル夫人が猫なで声で話しかけた。

「そ、そんなに心配しなくても大丈夫ですわ。だってあの子、自分から出て行くって言ったんですもの。ねえ？　アリエル」

「そうですわクラウス様。それにお姉様は令嬢なのに商売などと、殿方の真似事ばかり。心配などしなくても、どこかで図太く生きているに決まっていますわ」

その言葉に、クラウスの瞳がギラッと光る。

――彼は普段〝聖人〟などと呼ばれるほど穏やかだが、それは外向けの顔。

本当は、皆が思っているよりもずっと苛烈なことを腹の中で考えていた。

（父親が行方不明になったばかりなのに、彼女がみずから出て行っただと？　たとえそれが事実だとしても……そこには、必ずこの女たちが噛んでいるはずだ）

だが、それは彼の推測であり何も証拠はない。

噛みつきそうになるのを、クラウスはぐっとこらえる。

「……それで、ジネットの行き先は？」

「さあ？　わたくしにはさっぱり……。大方親戚の家にでも行っているのではなくて？」

「お姉様ったら、全然お友達がいらっしゃらないから」

くすくすと笑うふたりを前に、クラウスは声を荒らげないよう自分を必死に抑え込んでいた。

（……今すぐこの性悪たちを再起不能なぐらいまでに罵ってやりたいが、万が一ジネットの命が握

られていたら取り返しのつかないことになる。ここは慎重に行かないと……)

クラウスは怒りを見せないようなんとか呼吸を整えると、無言で立ち上がった。

そんな彼の真意にはまったく気付かずに、ルセル夫人があわてて声をかけてくる。

「あっ！　お待ちをクラウス様！　ジネットはルセル家を出てしまったので、あなたとの婚約を解消しようかと思っているんですの」

その言葉に便乗するように、頬を赤らめたアリエルも高い声で続く。

「そして代わりに、わ、私と婚約を――！」

「失礼。急いでいるもので」

そんなふたりの言葉を、クラウスは乱暴に切った。

「えっ⁉」

「クラウス様⁉」

それからクラウスは、何やら騒ぎ立てているふたりを振り返ることなく、さっさと部屋を後にする。

普段の彼なら絶対にそんな失礼な行動はとらないのだが、今は別。なぜなら、ジネットのことが心配で心配で心臓が張り裂けそうだったのだ。

クラウスは馬車に乗り込むと、ぎゅっと拳を握った。

(ああ、頼む……ジネット、どうか無事でいてくれ)

――ジネット・ルセル男爵令嬢は控えめに言ってクラウスの天使だった。

沈みゆく夕日を思わせる赤髪に、緑がかった神秘的なグレーの瞳。丸い大きな瞳はいつもキラキラと輝き、愛らしい顔立ちは妖精のよう。

そんなふたりの出会いは、招待されたルセル家のティーパーティーだ。

（最初はひたすらに化粧の濃い、変な子だと思っていたが、とんでもない。ジネットほど賢く強く、美しい女性はどこにもいない……！）

出会った時のジネットは、十三歳だというのに道化のような化粧をしていた。

目の周りにぐるりと乗せられた濃いアイシャドウに、塗りたくった頬紅、不自然なほど真っ赤な唇。

あまりにけばけばしい姿にクラウスはぎょっとしたが、自分の婚姻にギヴァルシュ伯爵家の命運がかかっていると知っていたので何も言わなかった。

（他の令嬢同様、紳士的に接すればいいだけ）

そう思っていたクラウスに変化が訪れたのは、どこぞのお茶会の庭で令息たちに囲まれた時だ。


「――おいクラウス。お前、あの〝成金ルセル〟に身売りしたんだろう？」

にやにやと、侮蔑の態度を隠しもしないで一番前に立つ令息が言う。クラウスは顔に穏やかな笑みを浮かべたまま、ちらりと見た。

（やれやれ……やっと令嬢たちを撒けたと思ったら、今度は彼らか）

目の前に立つのは、寄宿学校時代一緒だった令息たちだ。

彼らは成績、教師たちからの評判、令嬢たちからの人気など、何ひとつとしてクラウスに敵わないのが気に食わないらしく、ことあるごとに突っかかってきていた。

「よかったなあ。そのお綺麗な顔を買ってもらえて」

「それともあれか？　娘との婚約は建前で、実際はルセル男爵にかわいがられているのか？」

下品すぎる発言に、ドッと令息たちが笑い出す。クラウスはため息をついた。

「ルセル男爵は立派な人だ。誹謗中傷はよしてくれ」

それから冷たい瞳でちら、と彼らを見る。

(僕に構う暇があるのなら、彼らも家の役に立つことをひとつぐらいすればいいのに……)

確かにクラウスは、ギヴァルシュ伯爵家のために身売りしたと言われても仕方がない状況で婚約した。だがそれはクラウスの外見や能力をルセル男爵が評価してくれたからこそであり、自分が家を救えたことを誇りに思っている。

(彼らはきっと、思い出の品を二束三文で売らなきゃいけない苦しみを知らないのだろう。……羨ましいことだな)

母が毎日弾いていたピアノを、見知らぬ人たちが運び出していく悲しさ。給金が払えなくて、次々と使用人たちがいなくなっていく寂しさ。そして住み慣れた家を追い出されるかもしれない恐怖。

それらを思い出しながら、クラウスは静かに彼らを見ていた。

(……でも、わざわざ自分の苦労を語る気も、わかってもらう気もない)

それに、この手の輩には何を言っても無駄だ。

適当にやり過ごそうと、クラウスが口を開きかけたその時だった。

ガサガサガサッ！　と音がして、生け垣から、頭に大量の葉っぱをくっつけた令嬢が飛び出してきたのだ。

「クラウス様を、悪く言わないでください!!」

真っ赤な髪を振り乱しながら叫んだのは、クラウスの婚約者であるジネットだった。

（ジネット……!?）

目を丸くするクラウスと同様、令息たちもざわめき立つ。

「なんだこいつ」

「おい、こいつじゃないか？　クラウスの婚約者って」

「じゃあ、ジネット・ルセルか？」

そう言った彼らは全員、背も体格も十分に育った十七の青年だ。それに対してジネットはまだたったの十三歳。当然、身長も体格も全然違う。

十三歳の少女の目に映る彼らの姿は、さぞや大きく、恐ろしいことだろう。

だがそれらをものともせず、ジネットはキッと令息たちを睨みつけた。濃い化粧をしているせいなのか、その顔には謎の迫力がある。

「クラウス様はすばらしい方です！　勤勉で、努力家で、私にだって親切にしてくれる方なんです！　それにギヴァルシュ伯爵家のために、クラウス様が幼い頃からどれだけ努力してきたのかを、あなた方は知っていますか!?　それなのに寄ってたかって……なんと卑怯な！」

言いながら、ジネットはどんどん気持ちがたかぶってきてしまったらしい。大きな瞳から涙がぼろぼろと零れ落ちるのを見て、令息たちがぎょっとした。

「お、おい。こいつ泣いているぞ」

「こんな場面を見られたら面倒になる」

「ちっ。さっさと行くぞ！」

　さすがにいい年をした青年たちが、寄ってたかってひとりの少女を泣かせたのでは外聞が悪いのだろう。

　そそくさと逃げる令息たちを見ながら、クラウスはハンカチを取り出し、そっとジネットの頬にあてた。

「……ありがとう。僕のために、怒ってくれたんだね」

「こっ、これくらい……！　婚約者として当然のことです！　それより申し訳ありません。もっと毅然（きぜん）としているつもりが、クラウス様の気持ちを考えていたら、す、すっごく悔しくなってきてしまって……！」

　ぽろぽろと涙をこぼしながら、ジネットがしゃくりあげる。

　その姿は幼いながらも気高く、クラウスは驚きに目を見開いた。

（……思えば、こんな風にかばってもらうのも初めてかもしれないな）

　クラウスが言いがかりをつけられていても、皆見て見ぬふりばかり。クラウス自身、ことを荒立てたくなかったから気にしてこなかったが……。

『クラウス様を悪く言わないでください！』

　飛び出してきたジネットの真剣な表情を思い出して、クラウスはふっと微笑んだ。

（君だけは、僕を守ろうとしてくれたんだね）

言葉の代わりにそっと涙を拭ってやると、ジネットがハッとしたようにあわて始める。

「あ、あの、クラウス様……！　私のお化粧がべったりついて、ハンカチがだめになってしまいます！」

「構わないよ。君の涙を拭けるのなら光栄なことだ」

クラウスがそう言って微笑むと、ジネットは赤面した。

「な、なんてお優しい……！　では今度、最高級のハンカチをお返しいたしますので！」

「優しいのは君の方だよ。……おや？」

それからクラウスは、目を見張った。

ジネットは泣いたせいで化粧がぐずぐずになってしまったのだが、ハンカチで優しく丹念にふき取っているうちに、彼女の素顔が出てきたのだ。

クラウスの手のひらに収まってしまいそうなほど小作りな顔に、緑がかった大きなグレーの瞳。赤毛は太陽の光を全部吸い込んでしまったかのような艶を放ち、顔にはまだあどけなさが残るものの、それがかえって彼女の妖精めいたかわいさを引き立てている。

ジネットは控えめに言って、かなりの美少女だった。

「ジネット……君はとてもかわいらしいのに、なぜあんな濃い化粧を？」

クラウスが不思議に思って尋ねると、ジネットはあわてて手を振った。

「かっ、かわいいだなんて……！　私の顔はとても地味で見栄えがしないので、お義母様がいつもこのお化粧を選んでくれるんです！」

「君の義母君が……？」

（それはまさか、いじめられているのでは……？）

だがクラウスがそう考えた矢先だった。ジネットがにこりと、満面の笑みを浮かべる。

「このお化粧をするとお義母様が喜んでくれるので、私も嬉しいんです。それに、なんだかとっても強くなった気がするので、気に入っているんですよ！」

キラキラと輝くその瞳に嘘はなく、どうやら本気で言っているらしい。

（彼女が気に入っているのなら、僕が口出しをすることではないな。……それに）

じっとジネットを見ながら、クラウスは思った。

（……彼女の素顔を知っているのは、僕だけで十分だ）

――それはクラウスが十七年間生きてきて、生まれて初めて芽生えた独占欲だった。

第二章　ジネットの婚約者

「よし、しばらくはここを拠点に動けそうね！」

――ジネットたちが家を出てから、一週間。

サラとともに宿屋の部屋を見渡しながら、ジネットは満足そうにうなずいた。

この数日、ジネットたちはいくつかの宿を転々とし、最終的にたどり着いたのがここだ。

王都で一番賑(にぎ)やかな通りにほど近く、通された部屋も品の良いたたずまい。何より治安の面で信頼できると評判で、これからの活動拠点にぴったりだ。

必要なお金も既に銀行から取り出してあり、父を探すための準備は万端だった。

「お嬢様、この後の計画を教えてください！　私は何をすればよいでしょうか？」

期待に満ちた目を向けられて、ジネットは頭の中で今後の流れを整理しながら答える。

「もちろん、最初はクラウス様との婚約破棄です！　まずはあの方を解放してあげなければ……。雇い先探しはそれが済んでからよ。私を雇ってくれるところがあればいいのだけれど……」

それを聞いたサラが眉をひそめた。

「そううまくいきますかねえ……」

「いくら付き合いがあるとは言え、おじ様たちが雇ってくれるかどうかはわからないものね。私は女だから、男性方と同じように扱うわけにもいかないでしょうし……最初は苦労するかもしれない」

「あ、いえ、そっちの話ではないです。私が言っているのはクラウス様の方です」

「えっ？」

「えっ？」

ジネットがきょとんとしてサラを見る。

どうやら、ふたりの話は噛み合っていなかったらしい。

「それは、どういう……」

けれど深く聞こうとしたところで、サラはあわててジネットの背中を押した。

「いえっ！　私の話を聞くよりクラウス様にお会いになるのが一番です！　さあさあ！　早くしないと日が暮れてしまいますから、今すぐにでも！」

「た、確かに。明日にしようかと思っていたのだけれど、こういうのは早い方がいいわね？」

戸惑いつつも、やたら勢いのあるサラに背中を押されてジネットは辻馬車に飛び込んだ。


それから揺られること数十分。

ふたりは落ち着いたたたずまいが美しい、ギヴァルシュ伯爵邸の門前に降り立っていた。馬車から降りながら、ジネットが困ったように眉を下げる。

「連絡もなしに押しかけてしまったのだけれど、大丈夫かしら……。というかよく考えたら、そもそもクラウス様がいらっしゃるかもわからないわ……」

「大丈夫ですよ。万が一いなかったら、また後日来ればいいんですから」

不安げなジネットとは対照的に、なぜかサラの方はやけに自信満々だ。

そのままサラは足取り軽く門番のところまで行って何か囁(ささや)いたかと思うと、門番が目を丸くして大声で叫んだ。

「ジネット様がいらっしゃっています!!」

その途端、どこに潜んでいたのか、庭のあちこちから使用人たちが飛び出してくる。

「ジネット様だって!?」

「こりゃ大変だ！　誰か、すぐに坊ちゃまにお知らせして！」

「いまのうちに、それっ！　ジネット様を確保ーーー!!」

わけがわからぬうちにわらわらと、まるで珍獣を捕まえるように取り囲まれてしまう。

「えっと、あの!?」

助けを求めようとサラを見ても、なぜか彼女はニコニコと微笑(ほほえ)むばかり。

そうしているうちに、屋敷の方からあわてた誰かが姿を現した。

――すらりとした長身に、遠目から見ても輝かんばかりのまばゆい銀髪。いつも穏やかな笑みが浮かぶ顔に、今はなりふり構わない必死さが浮かんでいる。

門まで猛然と走ってきたのは、婚約者のクラウスだった。

「ジネット！」

「クラウス様！　よかった、帰国しておられたのですね。実は折り入ってお話が――」

けれどジネットの言葉はそれ以上続かなかった。

クラウスが近くまで来たと思った次の瞬間――ジネットは彼の腕の中に包まれていたからだ。

「ク、クラウス様⁉」

クラウスの腕の中で、ジネットは目を白黒させる。

「無事でよかった！　君がルセル家を出て行ったと知って、心臓が止まるかと……！　おっと、すまない」

腕の中のジネットが硬直しているのに気付いて、クラウスがあわてて手を離す。

「僕としたことが、紳士らしからぬ振る舞いをしてしまったね。悪かった。こんなところで立ち話しているのもなんだし、中に入って話そうか？」

「は、はい！」

にこりと微笑んだ顔はいつも通りため息が出るほど美しく、背景に薔薇（ばら）やら百合（ゆり）やらが飛んでいてもおかしくないほどの優雅っぷり。

（ああびっくりした！　クラウス様に抱きしめられてしまったわ！　……それにしても、そこまで私を心配してくれていたなんて……あいかわらずクラウス様ったら、なんてお優しいの！）

――彼は昔から、ずっと優しかった。

ジネットのせいで悪口を言われているにもかかわらず、ジネットを責めたりなじったりしたことは一度もない。それどころかジネットの悪口を聞きつけると、穏やかな、けれど毅然（きぜん）とした態度で

抗議さえしてくれる。

　ほかにも季節のイベントでは必ず気の利いたプレゼントを欠かさなかったし、夜会でも毎度完璧なエスコートを披露。

　何より、ジネットが商売の話をしても嫌な顔ひとつせず、それどころかアドバイスまでしてくれるのだ。

（商売のお話をすると、令嬢たちには「またお金の話をしているわ」と笑われるし、男性たちには「女性はそんなことを考えなくてよろしい」と一蹴されてきたのに……。クラウス様だけは、いつも真摯に聞いてくれたのよね……）

　いついかなる時も穏やかで優しく、紳士。まさに婚約者として完璧だった。

（そんなクラウス様の足を、これ以上引っ張りたくない……！　やはり、早急に婚約破棄してもらわなければ……！）

　改めて決意しながら、ジネットはサラとともにギヴァルシュ伯爵邸の廊下を歩く。

　屋敷に並ぶ調度品は、華美ではないものの品のいいものがそろえられている。また、流行の最先端を要所要所で取り入れているあたり、家主のセンスの良さもうかがわせる。

　それは通された応接間でも一緒で、ジネットはテーブルに載っている白いキャンドルスタンドの美しさに感心しつつ、案内されたソファに腰かけた。

　クラウスとジネットが向かい合うように座ってから、彼がほっとしたように口を開く。

「それにしても本当に驚いたよ。君の父君――ルセル卿が行方不明になったと聞いてあわてて帰ってきたら、君まで家を出たというのだから」

聞くと、どうやらクラウスはジネットがルセル家を出た直後ぐらいに帰ってきたらしい。

「ええ、実はお義母様たちとは離れて住むことになりまして」

その言葉に、なぜかクラウスの肩がぴくりと揺れた。

「……と、言うと？　その辺りを、詳しく話してくれるかい？　ジネット」

そう言った紫の瞳は、なぜか好戦的な光を放っている。

「隠すことなく、あますところなく、全部、話してくれるね？」

単語がひとつひとつ区切られ、ゆっくりと発音される。

その顔は笑顔なのだが、なぜか目がまったく笑っていなかった。

（クラウス様……？）

初めて見る彼の表情を不思議に思いながら経緯を話すと、聞き終えたクラウスが抑えた声で言う。

「……なるほど、そんなことが」

その声は低く、ジネットは眉をひそめた。

（クラウス様、もしかして怒っていらっしゃる……？　いつも笑みを絶やさないあの穏やかなクラウス様が、なぜ？）

だがそれを聞く前に、彼が話を変える。

「それより、君は今どこに寝泊まりしているんだい？」

「えっと、今は大通りにある宿屋です！」

「宿屋だって⁉」

ジネットとしては安心させるつもりの言葉だったが、逆効果だったらしい。

クラウスの顔が曇る。

「君が街に慣れているのは知っているけれど、変な輩に目をつけられたらどうするんだ……！　君は僕の婚約者なのだから、遠慮せずうちに来るといい」

当然だろう？　と言わんばかりに優しく微笑まれて、ジネットはしどろもどろになった。

（ああ、やっぱりクラウス様はお優しい！　でも、これだとしばらく宿屋を拠点にするつもりだなんて言い出しづらいわ。それに……！）

「あの……そのことなんですけれど、クラウス様」

おずおずと切り出したジネットに対して、クラウスはさらに慈愛に満ちた目で語りかけてくる。

ジネットがこれから言おうとしていることを、夢にも思っていないであろう顔だった。

「もちろん、お金のことは心配しないでほしい。私の留学で結婚が延びていたが、すぐに結婚しよう。父君もきっとわかってくださるはずだ」

クラウスは、ジネットが金銭的なことを気にしていると思っているらしい。

けれどそれは違う。

盛大に違う。

「ち、違うんです、クラウス様！」

冷や汗をかきながら、ジネットは続けた。

「その……私が今回やってきたのは、お願いがあったからです」

「お願い……？　何かな、言ってごらん」

クラウスが優しく微笑む。

ジネットはドキドキしながら、思い切って口に出した。

「私がしたいのは結婚ではないのです。その……クラウス様！　どうぞ私のことを、婚約破棄してくださいませ！」

（言った！　ついに言ったわ！）

達成感で、ふぅと安堵の息が漏れる。それから顔を上げて、はたと気付く。

「……なんて？」

――クラウスの表情が、完全に死んでいた。

「……僕の聞き間違いかな。いま、『婚約破棄してほしい』と聞こえた気がしたのだけれど」

なおも表情が死んだまま、クラウスが言う。

「いえ、合っています！」

ジネットが力強くうなずくと、クラウスの形良い口元がひく、と引きつる。

「色々聞きたいことはあるけれど、なぜ急に？　僕たちは仲良くやってきたと思っていたのだが……」

「はい。確かにクラウス様はすばらしい婚約者です。でも、私が駄目なのです。クラウス様にふさわしくないどころか、足を引っ張ってしまっている……！　なので、クラウス様に婚約破棄していただくのが、一番いいのではないかと！」

ジネットはさらに力説した。

「クラウス様は、ずっと私のせいで迷惑をこうむっていたでしょう？　でも今だったら、『ジネットが家出して身を落とした』とか、『ジネットが他の男と駆け落ちした』とか、何か都合のいい理由を作ってこの婚約を破棄でき――」

「他に好きな男がいるのか⁉」

ガタタッと音がして、クラウスが立ち上がった。その顔は蒼白(そうはく)になっている。いつも落ち着いて優雅な彼の、こんな表情は初めてだった。

ジネットはあわてて否定する。

「あ、いえ、これはあくまで例え話で」

「ああ、よかった……」

そう言うと彼は安心したようにため息を漏らし、また着席する。そんな姿も初めてだ。

（今日のクラウス様は、なんだかいつもと違うわ……！　やはり、お父様のことで動揺していらっしゃるのかしら？）

ジネットがちら、と隣に立つサラを見ると、なぜか彼女はなんとも言えない生あたたかい表情を浮かべてこちらを見ていた。

「それで、私を悪者にしてもらえれば、きっとクラウス様も堂々と婚約破棄ができ――」

「待ってくれ。そもそも僕は、君と婚約して迷惑だと思ったことは一度もない」

「え？」

今度はジネットが驚いて顔を上げる番だった。

「だから当然、婚約破棄をしたいなどと思ったこともない。君を悪者にだなんて、もっての他だ」

「そう……なのですか？」

一瞬納得しかけて、ジネットははたと思い出した。

クラウスが、ものすごい人格者であることを。

（はっ！　いけない。危うく忘れるところだった。クラウス様はお優しい方だから、きっと私を傷つけることを恐れているのね！）

「いえ！　私は悪者で大丈夫です！　私もその方が嬉しいので！」

「その方が……？　君は婚約破棄が、嬉しいのか……？」

途端、今度は彼の顔がサーッと青ざめた。

（……あら？　また言葉選びを、間違えてしまった⁉）

みるみるうちに元気をなくしたクラウスを見て、ジネットがあわてる。

そんなジネットの背中を、後ろからバシッバシッとどつく人物がいた――サラだ。

何事かと振り向くと、ここぞとばかりにサラがひそひそと囁いてくる。

「お嬢様、私からクラウス様にひとこと発言してもよろしいでしょうか？」

「クラウス様に？」

不思議に思いながらも、ジネットはうなずいた。

「あの、クラウス様。侍女のサラが何か言いたいことがあるそうなのですが」

「彼女が……？　どうぞ、構わないよ」

「それでは失礼して」

一歩前に進み出たサラが、すうっと息を吸った。それからクラウスをまっすぐ見据え、言い放つ。

「クラウス様！　お嬢様は気付いておられません。全っ然！　お気持ちに気付いておられませんよ！」

（お気持ち？）

首をかしげるジネットの前で、それを聞いたクラウスの目が丸くなる。

「……うすうすそんな気はしていたが、まさか本当に？　あれだけわかりやすく接していたはずなのに、全然気付いていないいないんだね？」

「はい？」

（気付くって、何に？）

きょとんとするジネットには構わず、クラウスがサラを見る。すると彼女は力強くうなずいた。

「はい。全然です！」

「なるほど、道理で……。そういう話なら、以前のアレやコレもすべて納得がいく」

（以前の、アレやコレ？　……私、何かしていたかしら？）

頭の中にハテナがたくさん浮かぶ。ジネットには全然思い当たることがなかった。

だがクラウスや、それにサラまでもが何やら納得顔でうなずいている。

「ジネット」

「は、はいっ！」

改めて名前を呼ばれ、ジネットは反射的に姿勢を正す。

目の前に座るクラウスは、なぜか微笑んでいた。

浮かぶ笑みは妖しく美しく、男性とは思えぬ色気に思わずウッと手で目をさえぎる。

そんなジネットに、クラウスは言い聞かせるように、優しくゆっくりと言った。

「君との婚約は、絶対に破棄しない」

「はい……えっ？　しないのですか？」

「それから」

そこでクラウスは一度言葉を切る。

「結構わかりやすくアピールしていたつもりなんだけれど、足りなかったようだね。だったら、今後は遠慮せず全力で愛を囁くつもりだ」

「は、はい⁉」

（愛⁉　何やら予想外の単語が出てきましたね⁉）

ジネットはクラウスに婚約破棄してもらいに来たはずなのに、なぜ「愛」などというとんでもない言葉が出てきているのだろう。

一生懸命頭の中で考えていると、クラウスがおもむろに立ち上がった。

それからジネットの元にやってきてひざまずく。

男らしく骨ばったクラウスの長い指が、スッとジネットの手を取った。

「ジネット・ルセル男爵令嬢。僕たちは既に婚約しているが、改めて言わせてほしい。――ずっと前から君のことが好きだった。だから、僕と結婚しよう」

想像もしていなかった申し出に、ジネットが目を丸くする。

「もちろんこの結婚は家のためなんかではない。君と結婚できるなら、僕は爵位だって手放してもいい。僕は君が好きだから、結婚したいんだ」

「えっ……ええええ⁉」

ジネットはお行儀も忘れてつい叫んだ。あまりに想定外すぎて、叫ばざるをえなかったのだ。

後ろではなぜか、嬉しそうな顔をしたサラがぱちぱちと拍手をしている。

「す、好きって単語が！　二回も出ましたね⁉」

目を白黒させながらジネットはあえぐように言った。

クラウスがにこりと微笑む。

「君が望むなら何千回でも言おう」

「いえっ！　大丈夫です！」

ジネットが断ると、クラウスがくすくすと笑う。

それを信じられない気持ちでジネットは見ていた。

「もしかして……からかっていらっしゃいますか⁉」

「まさか。僕はいたって本気だよ。むしろ今まで僕の気持ちに全然気付いていなかった方が驚きだ」

「先ほどから話されている気持ちって、そういう……⁉」

ジネットがあわててサラを見ると、彼女は鼻の穴を膨らませ、親指をぐっと立てて満足げな顔をしている。どうやら、サラは知っていたらしい。

ジネットは困惑した。

「クラウス様はとてもお優しい方だから、婚約者の務めとして優しくしてくださっているとばかり……！」

本音を漏らすと、クラウスが笑う。

「もちろん、婚約者となれば相手が誰であろうと、最低限の優しさは見せていたと思う。けれどいくら婚約者だからと言って、好きでもない相手に二日に一回会いに行ったりはしないよ。これでも抑えてた方だ。本当は毎日会いたかった」

「確かに少し回数が多いなあとは思っていたのですが、それだけまめまめしい方なのだと感心しておりました……」

「それに、直接的な言葉は言わなかったが、『今日もかわいいね』とか『きっと私たちは幸せな家庭を築けるよ』とか、会うたびに気持ちを伝えていたつもりだったのだが……。それも届いていなかったようだね」

「クラウス様はお優しいので、〝りっぷさーびす〟の一種なのかと……！」

「そうそう、毎回頭のてっぺんからつま先までおそろいにしたり、僕の髪や瞳の色のドレスを着せたりしたのは、他の男にアピールしたいからだよ。君は僕の婚約者なんだ、と」

「こ、婚約者として当たり前の身だしなみなのかと思っていました……」

そこまでやりとりをして、クラウスはにっこりと微笑んだ。

いつもの優しく穏やかな笑みではなく、よく見ると目だけが全然笑っていない。

「……本当に、全然伝わっていなかったんだね？」

「ご、ごめんなさい」

ジネットは小さな子どものように、がっくりと肩を落とした。

そんなジネットに、クラウスが首を振る。

「いや、はっきりと気持ちを言葉にしなかった僕が悪い。君を怖がらせないよう紳士的に振る舞っていたのがよくなかったみたいだ。これからは先ほども言った通り、全力で行こうと思う」

そう言うと、クラウスが今度は輝くような笑顔を浮かべた。そのまぶしさに、ジネットはまたもやウッと手で顔を覆う。

（全力で……⁉　今までも十分優しくしてもらったはずなのだけれど、これ以上があるの⁉）

ジネットは恐怖におののいた。

後ろでは侍女のサラが、両手の拳を思いっきり天に突き上げて歓喜している。

「あの、どうぞお手やわらかに⁉　というか、この場合どうすればよいのでしょう……⁉」

そもそもジネットは、クラウスに婚約破棄してもらおうと思ってやってきたのだ。

彼を解放してから生活基盤を整え、それから父を探そうと。

だが、早くも予定が狂ってしまった。なにせ当の本人が、婚約破棄どころか結婚してほしいと言い出しているのだ。

ジネットの言葉にクラウスがにこりと微笑む。

「まず、君たちはこれからこの家に住むといい。異論は認めないよ。それから宿屋にある君たちの荷物も回収しよう。サラ、場所を教えてくれるね？」

「もちろんです！　すぐにご案内いたしますね！」

嬉々（きき）としてサラが答えた。まるで、最初からこの展開を待ち望んでいたかのように。

「その後は結婚式……と言いたいところだけれど、まずはジネットの父君を見つけるのが先だ。ヴォルテール帝国なら、伝手（つて）をたどれば恐らく人探しのプロが見つかるだろう」

その言葉にジネットはパッと顔を輝かせた。

父の行方探しは、なるべく早めに取り掛かりたいと思っていたこと。それに対して、クラウスにはどうやら既に頼れる伝手があるらしい。

「お父様を探してくれるのですか！」

「もちろんだ。ルセル卿は君の父親だが、僕にとっても大事な恩師。一刻も早く見つけたいと思っている。卿にはまだ全然恩返しもできていないんだ」

言いながら、クラウスがつらそうにぎゅっと眉間にしわを寄せる。――それは、彼が心から父の失踪を悲しんでいるのがわかる表情だった。

クラウスの姿に、思わずジネットの胸が熱くなる。

「そんな風に、お父様のことを考えていてくれたんですね……」

（お義母様やアリエルは、お父様が失踪しても全然悲しんではいなかったのに……）

父が行方不明になったと知った直後、ジネットは悲しみに涙をこぼした。

使用人たちも同じように父の失踪を悲しんでくれたものの、家族であるはずの義母とアリエルは、一粒の涙も見せなかった。

けれど婚約者であるクラウスは、心の底から父のことを悲しみ、同時に父の生存を信じて、一緒に歩き出そうとしてくれている。

じわ、と熱くなったのは目頭か、それとも胸だったか。

どちらにせよ、ジネットの胸に、父が行方不明になって初めてあたたかな感情が生まれた気がした。

そんなジネットを、クラウスがじっと見つめる。

「君は、このまま僕と婚約を継続するのが嫌ではないんだね？」

「もちろん！　クラウス様ほどすばらしい方はおられませんから！」

「……僕の欲しい答えと少しずれているけれど、まあいい。これから僕のことを、本当の意味で好きにさせてみせるよ」

「本当の意味で好き……？　私は今も、クラウス様のことが好きですよ？」

ジネットがきょとんと答えると、クラウスはにっこりと笑った。

「それは今後、意味がわかるようになるはずだよ。いや、わからせてみせる。悪いけれど、それまで何が何でも君のことを逃すつもりはないから、覚悟していて」

「は、はい……!?」

笑顔だが、その目は本気だ。

彼は普段とても紳士だが、一度やると決めたことは絶対にやり通すとも知っている。

後ろで大喜びするサラを見ながら、ジネットは「本当になぜこうなってしまったんだろう……？」

とふたたび首をかしげた。

◆

「ねえお母様。いつ私とクラウス様の婚約を結んでくださるの？」

その頃。ルセル家では、夕食を食べながらアリエルがレイラにねだっていた。

娘の甘い声を聞きながら、ルセル家の夫人――いや、ルセル家の新主人であるレイラ・ルセルは、真っ赤な唇で微笑んだ。

「もちろん、すぐにでもよ。ジネットと婚約解消して、代わりにあなたと婚約し直すよう手紙を出したから、しばらくすればクラウス様がやってくるわ。……あなたに、愛を乞うためにね」

『愛を乞う』

その単語に、アリエルがほぅっと甘い吐息を漏らす。

ワイングラスに口をつけながら、レイラはほくそ笑んだ。

（ふふっ。それにしても、いいタイミングで夫が死んでくれたものだわ）

――伯爵令嬢として育ったレイラは、同じくらいの家柄に嫁いで一人娘のアリエルを産んだ。

だが金遣いが荒く、そのせいで夫や婚家と揉めたのは一度や二度ではない。

そこへ夫である伯爵が病死して、ここぞとばかりにレイラは追い出されたのだ。

家にも帰れず、無一文でさ迷い歩いていたところで、たまたま酔いつぶれたお人好しなルセル男爵を見つけた。それを介抱して、うまいこと後妻としてもぐりこんだのが今というわけだった。

そして表では完璧な妻を演じながら、裏では憂さ晴らしに、前妻の娘であるジネットをちまちまといじめていたのだ。

（夫の目を気にしなくてよくなった分、これから堂々とジネットをいびってやれると思ったのに……。ま、出て行っちゃったものはしょうがないわね。それより財産よ）

レイラの目がぎらりと意地悪く輝く。

（ふん。あの娘が継ぐはずだった商会も、もちろん渡してなんかやるものですか。これからはわたくしが有効活用してあげなければ）

ルセル男爵家のありあまるお金を想像して、思わず口元がゆるむ。

それからレイラは、上機嫌でぱくっと子牛のソテーを口に入れ――。

「……ん？　何よこのお肉、いつもより硬いわね。どうなっているの？　すぐに料理人を呼んできてちょうだい。味が落ちていると叱ってやらねば！」

バン、と机を叩きつけながらレイラが叫ぶと、ルセル家の家令であるギルバートがそっと進み出た。

「お言葉ですが、奥様」

壮年の家令が、表情を一切変えずに淡々と言う。

「先日お伝えした通り、今までいた料理人はやめてしまいました。旦那様もジネットお嬢様もいないこの家で仕える気はないとのことです。なので今は、料理人見習いが作っています」

「な……なんですって……⁉」

怒りに顔を赤くしたレイラが、口から泡を飛ばす。

「見習いの料理をわたくしに食べさせるなんて！　早く新しい料理人を雇いなさいよ！」

「お言葉ですが、奥様」

またもやギルバートが一切表情を変えずに言う。

「どこに求人を出しても、皆旦那様とジネットお嬢様がいないと知るや否や、辞退されてしまいます。賃金を相場の二倍にしなければ、もはや腕のいい料理人は誰も来てくれそうにありません」

「な、なんでそんなことになっているのよ！」

「それと奥様」

目を白黒させるレイラに、ギルバートが追撃する。

「商人たちから聞いた話によると、今まで我が家の食材は、通常よりも優遇されていたようです。ですがジネットお嬢様がいなくなった今、商人たちは同じ品を用意するためには三倍のお金が必要だと言っております。いかがいたしますか？」

「はあ⁉　意味がわからないわよ‼　三倍って……どれだけ強欲なの⁉」

「あくまでもお嬢様がいたからサービスしてくれていただけで、三倍が適正価格とのことです」

「な、なん……⁉　もういい、不愉快だわ！　食事をする気分じゃなくなった！」

レイラは怒りに任せてガタンと立ち上がった。

（なんでジネットがいなくなっただけでそんなことが起こるわけ⁉　まったく、皆してたるんでいるのよ！）

それからまだ食べているアリエルを残して、廊下を歩きながら必死に考える。

（いけないいけない。イライラはお肌の大敵よ。……こういう時は、彼に会って気分を鎮めなければ。だってわたくしは、お金をいっぱい持っているんだもの）

思い出してにやりと笑う。

彼というのは、レイラが最近気に入っている宝石商バルテレミーのことだ。

まだ二十代の彼は、商人とは思えないほど甘い顔立ちをしており、何より女性に対する扱いが完璧だった。


「――嗚呼、絹のようなお肌に、魅惑的な視線……。奥様は今日もなんとお美しいのでしょう！　まさに愛の女神アプローディテだ！　あなたにお会いできるのが、私の幸せでございます！」

「ふふっ。あいかわらず口が上手ね」

早速呼び出した商人の口から並べ立てられる美辞麗句に、レイラはようやく気持ちが慰められた。

（今までこの家にやってくる宝石商と言えば、夫と付き合いのある冴えないおじさんばかり……。おまけに持ってくる宝石はどれも小さくて、わたくしの好みじゃなかったのよね）

だがこの若い宝石商が持ってくる宝石はどうだろう。

どれもキラキラとして大振りで、レイラの好みにぴったりだったのだ。

「ああ、これなんか素敵だわ。真っ赤で大きなルビー、わたくしにぴったりだと思わない？」

「さすが奥様、お目が高い！　こちらは私どもが所有する鉱山で取れた最高級のルビーです。ええ、ええ、値段は張りますが、その代わり奥様にふさわしい輝きでございますよ！」

「ふふっ。そうよね。わたくしにはこれくらい華やかなものが似合うわよね。よし、これをいただくわ」

「ありがとうございますっ！」

――けれど、レイラは気付いていなかった。

上機嫌なレイラを前に、若い宝石商がにやりと邪悪な笑みを浮かべていたことを。

◆

一方ギヴァルシュ伯爵邸では、サラが嬉々としながら使用人たちを先導していた。

「それでは今からお嬢様の荷物を取りに行きましょう！　私が宿屋までご案内いたします！」

それはまるで、クラウスの気が変わらないうちに、ジネットの居場所をここに作ろうとしているようだった。

そんなサラを見ながら、ジネットが困り顔で言う。

「あの、クラウス様。お部屋を貸していただけるだけでも十分ありがたいのですが、せめて自分の食い扶持ぐらいは自分で稼ぎます。いえ、稼がせてください！」

ジネットの言葉に、クラウスがくすりと微笑む。

「さっきも言った通り、生活費のことは心配しなくていい。君は僕の婚約者なのだし、そもそも今までルセル卿から受けた支援に比べたら、微々たるものだ」

「ですが……」

「それよりも、君は一体何で稼ぐつもりだったんだい？」

聞かれて、ジネットはきはきと答えた。

「どこかの商会で雇ってもらえないか、考えていました！お仕事の知識だけは男性にも負けないつもりですし、エドモンド商会やゴーチエ商会のおじ様方とは特に仲がいいので、もしかしたらと……！」

「君がそんなことを考えていたのだとしたら……僕はまた彼らに恨まれてしまうね」

言葉の意味がわからず、ジネットはきょとんとする。

クラウスはなぜかふふっと笑っていた。

「せっかく君を商会に引き入れるチャンスだったのに、僕が阻止したと知ったらしばらく口を利いてもらえないかもしれないな」

「私を引き入れるチャンス……ですか？　確かにおじ様たちとは仲がいいですが、そういうお誘いはいただいたことはありませんでしたよ？」

不思議そうに首をかしげるジネットに、クラウスがにこやかに微笑む。

「君にそういう話をしたら取引をやめると、ルセル卿が釘を刺していたからね。でも彼らは、あの手この手で君のことを引き抜けないか、いつも考えていたみたいだよ。それこそ自分の息子の妻に、という声も何度か聞いたことある」

「そうなのですか？　初耳です……！」

目を丸くするジネットに、クラウスはますます笑みを深める。

「そりゃあそうだろう。だって、そういう話は全部、僕が潰していたのだから」

「えっ？　つ、潰す……？」

恐ろしい単語が出てきて、ジネットは目を丸くした。一方クラウスはと言うと、けろりとしている。

「君はもう僕と婚約しているのに、まったく困った人たちだったよ。叩き潰しても叩き潰してもまた狙おうとするしぶとさは、さすが商人だね」

「た、叩き潰す……!?」

（クラウス様のお口から、なんと物騒なお言葉が……!?）

目の前にいる人物は、本当にジネットが知っているクラウスだろうか。

ジネットが真顔でぷるぷる震えていると、恐ろしい言葉などなかったかのように、さわやかな笑顔でクラウスが言った。

「そうだ。ルセル卿が行方不明になった時の状況も詳しく聞かせてくれるかい？　僕はまだ詳細を知らないんだ」

（あっ、そういえばクラウス様は、留学から戻ってきてすぐにルセル家にいらしていましたね）

ジネットたちとちょうど入れ違いになる形で、彼は親戚や友達の家などを手当たり次第に探していたらしい。まさか宿屋にいるとは思っていなかったようだが。

思い出しながらジネットが経緯を説明すると、クラウスは「ふぅむ……」と考え込んだ。

「なるほど、行方不明になったのはヴォルテール帝国の東領か。なら帝国の知り合いでその辺りに詳しい人がいる。連絡をとってみよう」

すぐさま執事が呼ばれ、情報が伝えられる。終わるとクラウスはジネットの方を向いた。

「なるべく早く、君の父君を見つけると約束しよう。……ところでジネット。ひとつ気になっていたんだが、君が家を出る時、商会の権利はもらってこれたのかい？」

ジネットが商会を引き継ぐことは、ルセル家では周知の事実だった。当然、ルセル家によく出入りしていたクラウスも知っている。

「それは――」

けれど口を開きかけたジネットを、クラウスがさえぎった。

「ああいや、やっぱり言わなくていい。冷静に考えて、あの義母(ははおや)が渡してくれるはずがなかったね」

その言葉に、ジネットは目をぱちくりとした。

「クラウス様は、お義母様のことをよくご存じなのですね……？」

（お義母様は、私にはよくご褒美をくれましたが、それ以外の方の前では完璧な淑女でしたのに）

ジネットは変にことを荒立てたくなくて、今まで使用人たちに義母たちのことを口外しないよう口止めしていた。

だから父やクラウスを含むほかの人は、ジネットがどういう扱いを受けているか知らないはずなのだが……。

「もちろん気付くさ。自分の大事な人が他人からどんな目で見られているのか、どんな扱いを受けているのか、気付かない方が難しい。君は隠したがっていたようだが……君の父君も気付いていたよ」

「お父様も気付いていらしたのですか⁉」

ジネットはあわてた。

(おおらかなお父様のことだから、てっきり気付いていないかと思っていたのに!)

「ルセル卿は君の性格をよく理解していたからね。君が楽しんでいるうちは、下手に口出しする気はなかったみたいだ」

(ということは、私がご褒美だと喜んでいたこともバレて……⁉)

嬉々としてめげない実娘と、そんな娘をこれまためげずにいじめる妻と継子。そんな家族を、父はどういう気持ちで見ていたのだろう。

知りたいような、知りたくないような、複雑な心境だった。

「それで、君は商会をどうするつもりだい？　ルセル卿がすぐに見つかればいいのだが、最悪の事態も想定しておかないといけない。その場合商会を譲り渡すつもりは――」

「もちろん、ありません!」

ジネットはきっぱりと答えた。

「商会はお父様がくださると約束したものですから、きっちり、取り返させていただきます!」

それからジネットは、考えていた計画をクラウスに説明する。

「当初の予定では、おじ様たちのところでしばらく下積みをした後、自分の商会を立ち上げるつもりだったんです」

この国では、店を開いて商売を行うためには一定の年齢に到達しなければいけない。男子なら十五歳、女子は二十歳を過ぎないと、国からの許可が下りないのだ。

実際はかなりの者が年齢をごまかしたり無許可で開いたりしているが、ジネットは下級であっても貴族。法律は守らなければいけなかった。

「そして自分の商会を作ったらお金を貯めて、いつか正々堂々ルセル商会を買収するつもりです！」

ジネットはきらきらと瞳を輝かせながら言った。

それに対して、クラウスが冷静に尋ねる。

「ルセル商会は、ものすごく勢いがあるんだ。今もだが、これからも価値はどんどん上がっていくだろう。その金額は、君が一生分働いても稼げない額かもしれない。それでも君は、正面から買い戻す気かい？」

言って、クラウスの瞳がすぅと細められる。

「それに……向こうが君の権利を不当に握りつぶしているのなら、こちらだって多少強引な手を使って権利書を取り戻すこともできるんだよ」

「多少強引な手とは……？」

「……それは色々、だよ」

そう言ってクラウスが微笑んだが、瞳は凍てつく氷のように冷たく、全然笑っていない。

（わっ！　何やらこれ以上深く聞いてはいけない気がする……！）

今までの彼らしくない発言に震えながら、ジネットはきっぱりと言った。

「大丈夫です。何年かかろうと気にしません。むしろこれは、お義母様から与えられた最高のご褒美……じゃなかった、試練だと思いましたので！」

（譲り受けるなんてなまぬるいことを言わずに、自分でさっさと稼いで丸ごと買収する。これこそお父様から教わった、成金教育の集大成だわ！　そういうことですよねお義母様⁉）

これからのことを考えると、ジネットは本当にワクワクした。

できれば二年など待たずに今すぐ動き始めたいのだが、残念ながら法律は守らなければいけない。

ならば、その中でできる最大限のことをするまで。

鼻息荒いジネットを見て、クラウスがくすくすと笑う。

「『試練はご褒美』。あいかわらずジネットはその言葉がお気に入りだね。昔から呟いていたのを思い出すよ」

「えっ⁉　声に出ていましたか⁉」

「時々ね。例えば綿製品が突然台頭してきた時とか……あとは七色に光るモザイクランタンの時にも出ていたね」

「よ、よく覚えていらっしゃいますね……⁉」

前者は毛織物の価格が暴落して、大量に在庫を抱えてしまった時。後者は逆に売れすぎて、他から山ほど真似された時だ。

幸い、前者は北の国々に輸出することでなんとか在庫をさばき、後者は独自の柄を作ったことでルセル商会製の価値を高めたのを覚えている。

そして確かにどちらも、「ご褒美だわ！」と興奮した記憶があった。

思い出して、ジネットは赤面する。どうやら自分は、無意識のうちに、声に出していたらしい。

「そういう時の君は本当に楽しそうで、僕はいつも勇気をもらっていたよ」

（勇気……？　アリエルにはいつも『商売のことを考えている時のお姉様の顔、百年の恋も冷めるくらい気持ち悪いですわ』と言われていたけれど、やっぱりクラウス様ってお優しいんだわ……！）

ジネットの奇行を気持ち悪がらずにいてくれる男性なんて、社交界を探してもクラウスぐらいのものだろう。そのありがたさに、ジネットはクラウスに向かって祈りたいくらいだった。

「だから、君がその気なら僕も手伝おうと思うんだ。――話は変わるが、君は〝マセソン商会〟を聞いたことがあるかい？」

「マセソン商会ですか？　もちろんです！」

クラウスの口から出たのは、最近何かと話題の新進気鋭（しんしんきえい）の商会だった。

〝マセソン商会〟はある日突然王都に現れたかと思うと、食器や家具、衣類、化粧品など、主に女性向けの品を幅広く取り扱い、次々と人気商品を連発。

それでいながら商会の主（あるじ）が公の場に姿を見せなかったため、世間ではやれ高貴な貴婦人の戯（たわむ）れだとか、大商人の隠れ蓑（みの）だとか、散々騒がれたものだ。

ジネットが瞳をらんらんと輝かせ、ぎゅっと拳を握る。

「マセソン商会は、最近もミルクガラスを使ったシリーズで大きな流行(はや)りを巻き起こしていましたよね！　一番数の多い食器も人気すぎて、どこでも手に入らないと評判ですよ！　その艶(つや)と言ったら、見ているだけでうっとりしてしまうほど美しくて……」

そこまで言ってジネットはふと言葉を止めた。

それから、机の上に乗っている白くてなめらかな乳白色のキャンドルスタンドを見る。

「あの……クラウス様？」

「なんだい？」

「そういえばクラウス様は……ミドルネームに〝マセウス〟が入っていましたよね？」

ジネットの言葉に、クラウスは意味深な笑みを浮かべた。

「……よく覚えているね。僕の正式な名前は、クラウス・フォルトナ・デ・ロス・マセウス・ルイス・ギヴァルシュだ」

「あのう、もしかして……もしかしてですが……マセソン商会って、クラウス様の商会だったりされますか……？」

その問いに、クラウスは輝くような笑顔を浮かべた。

「そうだよ。マセソン商会は、僕が立ち上げた商会なんだ」

「や、やっぱり……!?」

「それにしてもよく気付いたね。君が言った通り、僕は開店直後からずっと姿を隠していたし、シリーズを売り出した時も留学中だったから、結びつける人はいないかと思っていたんだけれど」

クラウスの言葉に、ジネットは机のキャンドルスタンドを指さした。

「だって、そこに置いてあるキャンドルスタンドの艶が、どう見てもマセソン商会のものと一致しているんです……！　ムラがなくて均一。まさにミルクを固めたような、こんな美しいミルクガラスは、マセソン商会でしか見たことがありません！」

つるりとした手触りに加え、ミルクガラス独特の透き通るような優しい色合いは、見る人の心を和ませるともっぱらの評判だ。

ジネットは拳を握り、早口でまくし立てた。

「それにスタンドだけではなく、家に置いてある水差しやコンポート皿も同じシリーズを使われていますよね！　何より決め手となったのは、廊下に置いてあった花瓶です。花瓶は超初期に作られたもので、それこそマセソン商会の方ですら入手困難なお品。シリーズの販売開始時は留学中でこの国にいなかったにもかかわらず、それを持っているということは……クラウス様が、何かしら深いところに関わっているのではないかと思ったのです！」

一気に言ってから、ジネットはハッとした。

（しまった。熱が入りすぎてしまったわ……！）

目の前では、クラウスが目を丸くしてジネットを見つめている。

「ご、ごめんなさい！　私ったら、また……！　今の、気持ち悪かった、ですよね……」

しおしおと、ジネットは肩をすくめた。

昔から、ジネットは周りのものをよく見すぎるという悪癖があった。

相手がどこのなんという商品を身につけているのかすぐに言い当ててしまうものだから、アリエルにも散々気持ち悪がられたのだ。

最近は学習して極力言わないようにしていたのだが……。

（クラウス様は何でも聞いてくれるから、油断してしまったわ……！）

「あっあの、今のは忘れて――」

「ふ……ふふっ」

だがジネットが言葉を取り消す前に、前に座っているクラウスがくつくつと笑い出す。

「さすが僕のジネットだね。あいかわらず情報が早くて正確だ。花瓶なんて、存在することすらほとんど知られていないのに」

「では……本当にクラウス様がマセソン商会の会長でいらっしゃるのですね……!?」

「君があまりにも楽しそうに話すものだから、僕も商売にチャレンジしたくなってね。それに、収入のあては多ければ多いほどいい。お金がないというのは、みじめなものだから」

その言葉に、ジネットの眉が下がる。

（クラウス様は、お金のせいで心無いことをたくさん言われてきましたから……！）

祖父の借金さえなければ、クラウスはその美貌と頭脳で、一点の曇りもない華々しい人生を送っていただろう。

だからこそ、自分の力でお金を稼げるようになりたいという彼の気持ちは、痛いほどにわかった。

「それで大成功してしまわれるあたり、さすがクラウス様です……！」

「僕が成功できたのも、実は全部君のおかげなんだ。君との会話の端々にヒントが散らばっていて、僕はそれを実行したに過ぎない。おかげで懐はとてつもなく潤っているんだよ。そのお礼と言ってはなんだが……」

そこで彼は一度言葉を切って、まっすぐジネットを見つめた。

「ジネット。今後は君が、マセソン商会の副会長になってくれないか？」

クラウスの申し出に、今度はジネットは目を丸くする。

「予定より早くなったけれど、僕は留学を切り上げて領主の仕事に集中しようと思う。だから僕の代わりに、君が商会を動かしてくれると嬉しいんだ。もちろん、好きにしてもらって構わない。たとえ潰したとしても、僕は一切怒らないと約束しよう」

「な……！」

ジネットはふるふると身を震わせた。

（……なんて魅力的すぎる申し出なのでしょう⁉　二十歳にならないと商会を立ち上げられないと思っていたけれど、マセソン商会を任せてもらえるのならその必要もないわ！）

だが歓喜の震えを、クラウスは違う方にとったらしい。

美しい紫の瞳が、不安そうに細められる。

「……それとも、やはり自分で一から立ち上げたいかい？」

「いえっ！」

ジネットはあわてて否定した。

「願ってもいないことすぎて、感動に震えておりました！　クラウス様、ぜひ私にマセソン商会を任せてください！」

「よかった」

クラウスが、ほっとしたように微笑む。

「稼いだお金は、全部君の好きに使っていい。ルセル商会を買い戻すための資金にあててもいいし、君のお小遣いにしてもいい。何か足りないものがあれば、協力するよ」

「本当に何から何までありがとうございます……！　私、がっぽがぽ稼いで、ギヴァルシュ伯爵家にも還元いたしますね！」

ぐっと拳を握るジネットに、クラウスがくすくすと笑う。

「君の活躍ぶりを、楽しみにしているよ」

それから何かを思い出したように、クラウスは「ああ」と呟いた。

「そういえば話は変わるけれど、足りないと言えば荷物は宿屋にあるものですべてかい？　以前見せてくれた、君の作った資料は相当な量があった気がするのだが……」

クラウスの言っている資料とは、ジネットが長年流行やライバル商会たちの商品を事細かく分析して記録したノートだ。

会うたびに見せていたため、すっかりその存在を覚えられているらしい。

（確かにあれは私の努力の結晶だから、本当は持ってきたかったのだけれど……とにかく量が多くって……）

　小さな頃からコツコツと記録していたこともあって、その量は大きな本棚をひとつまるまる埋めるほど。とてもじゃないが、宿屋暮らしには持っていけなかったのだ。

「以前君は言っていたよね。結婚する時にも、このノートは全部持っていきたいと。明日にでもルセル家に取りに行こうか？」

「でも……その、あの、改めて考えたら、ちょっと量が尋常じゃないなと思いまして……。以前話していた時よりさらに量が増えてしまいましたし、クラウス様のお家に置かせていただくのは心苦しく」

「〝僕の家〟ではないよジネット。〝僕と君の家〟だ」

　そう言った彼の顔はうっとりするほど甘く、キラキラと輝いていた。

（うっ！　気のせいかしら、以前お会いした時よりさらに輝きが増しているような……⁉）

　まぶしさに、ジネットは一瞬目を細める。

「やはり、ノートは明日取りに行こう。僕も留学中は見れなかったら、あのノートの最新版を楽しみにしているんだ」

「ということはルセル家に行く……のですか？」

　聞きながらジネットは考えた。

（荷物を取りにいくだけとは言え、お義母様たちがせっかく背中を押してくださったのに、家に帰ったら怒られてしまわないかしら……？）

「ではお義母様と、アリエルにもご挨拶しなければいけませんね？」

その言葉に、クラウスは不気味なほどにーっこりと微笑んだ。

「望むところだよ」

第三章　マセソン商会

クラウスとともにガタゴトと揺れる馬車に乗りながら、ジネットは考えていた。

（お義母様とアリエルは元気にしていらっしゃるかしら？　と言っても家を出てまだ一週間しか経ってないけれど）

今、後ろの荷馬車にはサラたちが乗っており、前を走る馬車に乗っているのはジネットとクラウスのふたりだけ。

そのクラウスは、ジネットを見ながらひたすらニコニコとしている。

ジネットも微笑み返した。

（この間お義母様たちの話をした時は怒っているような気がしたけれど……今日のクラウス様はいつも通りとてもにこやかだわ！　きっと気のせいだったのね）

ジネットがほっとしていると、ガタンと音がして馬車が止まる。

どうやらついたらしい。

先に降りたクラウスに手を支えられて、ジネットは一週間ぶりの実家に降り立った。

途端に、ジネットの姿に気付いた門番が駆け寄ってくる。

「お嬢様、元気にしておられましたか！　みんなお嬢様のことを心配していたんですよ！」

「私は元気よ、ありがとう！　あなたは元気？」

久しぶりの再会に和気あいあいとしていると、誰かが呼びに行ったらしい家令のギルバートが、にこにこしながらやってきた。

「お嬢様、お会いしたかったですよ」

「ギルバート！　少しだけお久しぶりね。みんな元気にしていたかしら？　お義母様たちも元気にしていらっしゃる？」

「奥様方は元気といえば元気ですが……」

歯切れの悪い回答に、あら？　とジネットは首をかしげる。

「というと……？」

「実は……家令として情けないことですが、お嬢様が家を出たのを機にやめる者が続出しているのです。おかげで、今は家の中が少々混乱しておりまして」

「そうなの？　やめていった皆はどこに？　ちゃんと次の職場を見つけているのかしら……!?」

「いえ、職場を決めずにやめてしまった者がほとんどです。一応紹介状は持たせているのですが……」

「まあ！　大変！」

ジネットはあわててクラウスを見た。

その視線だけで、クラウスはジネットが何を言いたいのか察したらしい。彼がにこりと微笑む。

「僕は構わないよ。ちょうど君が来る分、使用人を増やそうかと考えていたところだ」

「クラウス様、ありがとうございます！」

（ああ、やっぱりクラウス様はお優しい……！　みんなをギヴァルシュ家に連れていけば、安心ね！）

　ほっとしたジネットが、すぐにギルバートに向き直る。

「皆に、ギヴァルシュ家で雇うからと連絡をしてくれるかしら？　それからギルバート、あなたは大丈夫？　何か私にできることはある？」

　ジネットの言葉に、壮年の家令はにっこりと微笑んだ。

「いいえ、ギルバートはそのお言葉が聞ければ十分でございます。なに、私も伊達に旦那様の元で働いてきたわけではありませんからね。後のことは、お任せください。……それより、最近屋敷にちょくちょく出入りする若い男性がいるようです。念のため、お嬢様にもお知らせしておかなければと」

「若い男性？　……どなたかしら？」

（交友関係でも広げているのかしら？　それとも、アリエルへの求婚者？）

　アリエル本人はずっとクラウスを追いかけているが、彼女もとっくに結婚適齢期な上に綺麗な娘なのだ。求婚者がたくさん家にやってきたとしても不思議ではない。

「ジネット、そろそろ行こうか」

「あ、そうでした！」

　クラウスにうながされて、ジネットはここに来た目的を思い出した。

「ごめんなさい、そろそろ行かなければ。私は今クラウス様のおうちにいるから、困ったことがあったらいつでも連絡してね」

「ギヴァルシュ伯爵家に？　それなら安心ですね。クラウス様、どうぞお嬢様をよろしくお願いいたします」

そう言うとギルバートは深々と頭を下げた。クラウスが微笑む。

「もちろん。ジネットのことは、僕が必ず守ってみせるよ」

その後ジネットたちがエントランスをくぐると、まるで待ち構えていたかのようにすぐさま義母とアリエルが二階に現れた。

その姿を見て、ジネットが「あれ？」と眉をひそめる。

（なんだかふたりとも、以前と違う……？）

義母はあいかわらず真っ赤なドレスを、アリエルは鮮やかなピンクのドレスを着ているのだが、首やら耳やら指やらに、これでもかとガラス玉が飾られている。

（お義母様たちは宝石にしか興味がないのかと思っていたけれど、趣向替えしたのかしら……？最近はミルクガラスなどのガラス製品も流行っているし……）

なんて考えていると、孔雀の羽がついた大きな扇子を扇ぎながら、もったいぶった足取りでふたりが階段を下りてくる。

その瞳にはどちらも、今すぐジネットに噛みつかんばかりの刺々しさが浮かんでいた。

少し後ろに立っていたクラウスが、すぐさまジネットをかばうようにスッと前に進み出る。

「ご無沙汰しております、ルセル男爵夫人」

にっこりと微笑まれ、義母があわてて表情を作るのが見えた。

一方後ろでは、アリエルがまだ射殺さんばかりの目でジネットとクラウスを交互に見ている。

「あら、ごきげんようクラウス様。まさかジネットと一緒だったなんて、ほほほ」

「どうしてクラウス様が、お姉様と一緒にいらっしゃるの……⁉」

アリエルの言葉に、クラウスが不思議そうに首をかしげた。

「おかしなことを聞くのですね。僕とジネットは婚約者ですから、一緒にいるのは当然ではありませんか」

「そのことですけれど……クラウス様」

なんとか笑顔を保った義母が、パタパタと扇子を扇ぎながらもったいぶったように言う。

「わたくしは先日、お手紙をお送りしましたわよね？　『ジネットとの婚約を解消して、代わりにアリエルと婚約しなおしてくださいませ』と」

「ああ……そういえばそんな手紙も来ていましたね」

その言葉を聞いた瞬間、アリエルが瞳を輝かせ、義母は勝ち誇った顔になった。

「そうでしょう？　だからあなたは、今後アリエルの婚約者として――」

「お断りします」

クラウスがスパッと言った。まるで義母の言葉にかぶせるように。

「ええ、お断りを……え？　い、今、なんて⁉」

動揺する義母とは反対に、クラウスの顔には清々（すがすが）しい笑みが浮かんでいる。

「だから、お断りしますと言ったんです。ジネットと婚約解消するなんて、ありえなさすぎて笑ってしまいますね。しかも、代わりにアリエル嬢と婚約？　――死んでも嫌です」

――『死んでも嫌』

その言葉に、アリエルの頬がヒクッと引きつった。

「な……なんてことを言うの⁉」

数秒後、衝撃から立ち直ったらしい義母が、顔を真っ赤にして叫んだ。それとは反対に、クラウスが涼しい顔で言う。

「お返事が遅くなってしまって申し訳ありません。あまりにありえなさすぎて、忘れていたようで……」

（く、クラウス様⁉　謝るところは、きっとそこじゃありません！）

ジネットがハラハラしながら見ていると、案の定怒り狂った義母が唾を飛ばしながら叫んだ。

「わ、忘れていたですって⁉」

さらにアリエルも加勢する。

「ありえなさすぎてって、どういうことですかクラウス様！　以前私のことをかわいいと褒めてくださっていたのに、あれは嘘だったのですか⁉」

小型犬のようにきゃんきゃんと騒ぎ立てるふたりに向かって、クラウスはふっと冷めた笑顔を浮かべた。

今までジネットが見たことのない、氷のように冷たい笑みだ。

「何か勘違いされているようですが……よく思い出してください、アリエル嬢。僕は『今日の髪飾りは素敵ですね』とか『美しい色合いのドレスですね』など持ち物を褒めることはあっても、あなた自身を褒めたことは一度もないはずです。だってそういう風に気を付けていたのですから」

「う、うそ⁉　そんなはずは……！　……あれ、ちょっとまって……？　やだ、まさか本当に……？」

　過去の発言を思い出しているのだろう。みるみるうちにアリエルの顔が青ざめていく。

「それに、僕は知っていますよ。社交界でジネットの悪い噂をまき散らしていたのはほかでもないアリエル、あなただ。僕はそんな性格の悪い方とは、死んでも結婚したくありません」

　クラウスの言葉に、アリエルがヒュッと息を吸い込んだ。その顔は、今や怒りを通り越して土気色になっている。

　そんなアリエルを押しのけて、今度は顔を真っ赤にしすぎていつ倒れてもおかしくなさそうな義母が身を乗り出した。

「クラウス様！　婚約者の情でしょうけれど、今のジネットをかばい立てしても何の得もありませんよ！　その子は既に文無し家無しなのですから！」

「婚約者の情？」

　呟いて、クラウスは不思議そうな顔をした。

　それから、「ああ」とひとりで納得がいったようにうなずく。

「なぜそんなことを言い出したのかずっと不思議に思っていたのですが……そうか、あなた方はルセル卿から何も聞かされていないのですね？」

「主人がどうしたって言うのです……⁉」

ルセル卿の名を出されて、義母がややひるむ。

そこへゆっくりと、それでいて畳みかけるようにクラウスが言った。

「僕とジネットが、たかだか婚約者の情などで繋がっていると思われては困りますね。過去、『代わりにアリエルはどうか』とルセル卿に打診された際だって、僕ははっきりお断りしたというのに」

その言葉に、ジネットだけではなく義母やアリエルも目を丸くしてクラウスを見つめた。

「……その反応を見るに、やっぱり誰も聞いていないようですね？　アリエル嬢を傷つけないためでしょうか。とにかくこの婚約は、ジネットが相手でなければ絶対に成り立たないのです。だって――」

そこで、クラウスがジネットの方を向く。

その顔には、見ているこちらが赤面しそうになるほど甘い、とろけるような笑みが浮かんでいた。すぐさま長い手が伸びて来たかと思うと、ジネットはクラウスに優しく引き寄せられた。それから、頭にやわらかな唇が触れる。

「僕は、ほかならぬジネットだから婚約したのです。よくお金が理由だなんて言われていますが、とんでもない。むしろ彼女と結婚するためなら、爵位のひとつやふたつ、喜んで差し出しますよ」

突然の告白に、ジネットの顔がみるみる赤くなった。

（な、何が起きているのでしょう⁉　なんだか思っていた十倍ぐらいは好かれている気がするわ……⁉）

目の前では義母とアリエルが、怒りと憎しみを混ぜてぎゅっと固めたような、見たことのない形相で震えていた。

それには構わずクラウスがにこりと微笑む。

「そういうことなので、婚約解消なんてありえないと思ってください。それより、お部屋にお邪魔させていただいても？　ジネットの荷物を我が家に運ぼうと思いまして。……ああ、ジネットは今我が家に住んでいるんですよ。もちろん、それにも異論はないですよね？」

――だって、あなた方は彼女を追い出そうとしたのだから。

口には出さなかったものの、クラウスの目ははっきりとそう語っていた。

「っ……！　好きにしなさい！　ただし我が家のものに触れることは許しませんからね！」

義母が悔しそうにくるりと背を向ける。それを見て焦ったのはアリエルだ。

「お、お母様！　待って、話が違うわ！　お母様言ったじゃない、クラウス様を私の婚約者にしてくれるって……！　お母様、待って！」

足早に遠ざかる義母を、アリエルが必死に追いかける。

それを見ながらクラウスは明るい声で言った。

「さ、ジネットのノートを取りにいこう。案内してくれるかい？」

「は、はいっ！　ノートは父も重宝していた関係で、全部父の書斎に置いてあります。案内しますね」

ジネットの言葉に、サラや伯爵家から連れて来た使用人たちが一斉に後ろをついてくる。

そのままぞろぞろと引きつれて歩きながら、ジネットはちらりとクラウスを見た。

「……あの、クラウス様と私の婚約にそんな経緯があったなんて、全然知りませんでした。お父様は『クラウス君との婚約が決まった』以外、何もおっしゃっていなかったので……」

それを聞いたクラウスが苦笑する。

「ルセル卿はそういうことを詳しく説明するタイプではないし、僕もわざわざ伝えるほどではないと思っていたからね。けれど、やはり言葉で伝えるのはとても大事なんだというのを、今回よく思い知ったよ。これからは遠慮せず、どんどん伝えていこうと思う」

言うなり、クラウスの手が伸びてきてジネットはまたぎゅっと抱き寄せられた。

ふわっと香るのは、すみれの香水が混ざったクラウスの匂い。その甘い香りに、ジネットはくらくらした。

「く、く、クラウス様！　まだ結婚前です！」

「ふふ、あまりに君がかわいくて、つい」

謝りながらも、クラウスはまったく手を放す気はないらしい。後ろでサラたちがくすくす笑っているのを見て、ジネットはまた顔を赤くした。

（それにしても一体なぜ、私のことをそこまで……⁉）

ジネットは社交界でけなされることはあっても、褒められることはまずない。

同世代の貴族男性たちはジネットを見ると大体鼻で笑ってきたし、たまに近寄ってくる人がいても大体お金目当て。

ジネット自身、自分はかわいくもなければ淑女からも程遠いと理解している。

なのになぜ、クラウスがこれほどまでに好いてくれるのか。

ジネットはしばらく考えた末に、カッと目を見開いた。

（……もしかしてクラウス様、商売がものすごくお好きなのかしら⁉　確かに、社交界で商売話ができる令嬢は、私ぐらいかもしれないもの……！）

ようやく納得がいって、ジネットはひとりでうんうんとうなずいたのだった。

◆

「……うん、ちゃんと、全部そろっているわ！」

帰ってきたギヴァルシュ伯爵邸で、ジネットはサラとともにルセル家から運び込まれた資料を確認していた。

ここはジネット専用の書斎。

持って帰って来たノートは壁一面の本棚を占領するとんでもない量になっていたが、やはりそばに置いておくと安心する。

なんと言っても、ジネットが長年記してきたすべてがそろっているのだ。

満足げに眺めているジネットに、サラが手を拭きながら言う。

「それにしても、さすがクラウス様ですね。お嬢様のお部屋以外に、書斎まで用意してくださるなんて」

「そうなの！　私もまさか、自分の書斎がもらえるなんて思ってもみなかったわ！」

この国では、貴族女性が働くことは卑しいことだとされている。労働は堕落の証であり、妻や娘を働かせた当主は嘲笑の的にすらなった。

けれどクラウスは、やはりジネットの父の影響を色濃く受けているからなのだろうか。

他の家だったら絶対にありえない、ジネット専用の仕事用の書斎を作ってくれたのだ。

「やっぱり自分用の書斎って最高だわ……！　本にはすぐ手が届くし、机だって大きくてたくさん資料を広げられるし、こんなお部屋で仕事するのが夢だったの！　次は何の商品を出そうか、考えただけでわくわくするわね！」

ジネットはうっとりしながら、つややかな黒檀の机に頬ずりした。机は両手を伸ばしても端と端に届かないほど大きく長く、引き出しもたっぷりと用意されている。

「そんなに喜んでくれると、用意したかいがあったよ」

涼やかな声が聞こえて、ジネットははっと姿勢を正した。

目の前では、クラウスが口元を押さえてくすくすと笑っている。サラがさっと駆け寄ってきて、ジネットの髪の乱れを直してくれた。

「ご、ごめんなさい。恥ずかしいところを……！」

「いいんだ。喜んでくれているようで何より。それに、僕たちはこれから夫婦になるんだから、何も恥ずかしいことなんかないよ」

「そういうものですか……？」

「それに、本当はね。ジネット」

言いながら、クラウスが一歩近づいてくる。

「僕の書斎に君の机を入れてもよかったんだけれど……そうすると、ずっと君を眺めてしまって仕事にならなそうだから、泣く泣く諦めたんだ」

そう言い切った彼の顔は、なぜか頬が赤らんでいた。

(私を眺める……? サーカスの珍獣的な意味合いでしょうか?)

クラウスのような絶世の美男美女ならともかく、ジネットを眺める利点はあまりない。考えていると、彼が思い出したように言った。

「そうそう、僕が留学から帰ってきたのを聞いて、パブロ公爵から家にお呼びがかかったんだ。よかったらジネットも、明後日一緒に来てくれるかい? 改めて、婚約者として紹介したいんだ」

「パブロ公爵からですか……!?」

パブロ公爵と言えば、この国でも有数の大貴族。

家系から何人もの王妃を輩出し、また何人もの王女が嫁いできた家でもある。現在のパブロ公爵夫人も元王女で、それはそれは美しいご婦人だった。

「クラウス様はすごい方と繋がりがあるのですね!」

「どうやら、公爵は僕の経済論文をいたくお気に召したらしい。留学中の話も聞きたいそうだ」

「でも、私が同行しても大丈夫なのでしょうか。公爵はとても厳しい方だとお聞きしますし……」

そんなパブロ公爵は齢(よわい)五十の、伝統を重んじる保守派のはず。

価値観は貴族中の貴族とも言うべき人物で、女性が働くなんてもってのほかという考え方だ。

また強面で気難しい人物としても知られており、下級貴族にすぎず、堂々と商売を公言しているジネットは毛嫌いされてもおかしくない。

「私を連れて行ったら、クラウス様にご迷惑がかかるのでは……？」

ジネットの言葉に、クラウスが微笑む。

「大丈夫だよ。公爵は気難しいところはあるが、偏見だけでけなすような人ではない。実は許可も既に得ているんだ。奥方のクリスティーヌ夫人は実家に帰っていて不在のようだけど、どうだい。君もあの〝パブロ公爵本邸〟に行ってみたくないか？」

クラウスの言わんとしていることがわかって、ジネットはごくりと唾を呑んだ。

（パブロ公爵本邸と言えば、かの有名なグランベロー城！　きっとお宝の山だわ……！）

公爵家は普段、夜会を行う際は豪華な会場を貸し切ったり、専用のダンスホールがあったりと、なかなか本邸に踏み入れる機会はない。

だが由緒正しい本邸には、歴史ある数々のお宝が置かれていると、風の噂で聞いたことがある。

一度は社交界とお別れすることも本気で考えたジネットだが、グランベロー城を拝める機会があるのなら、お金を積んででも行きたかった。

（これはクラウス様が作ってくださったまたとない機会！　ぜひ勉強のために、見学させていただきたいわ！）

ジネットはぐっと拳を握ると、目をキラキラ輝かせながら言った。

「行きます！　ぜひ、私も連れて行ってください！」

◆

――パブロ公爵の本邸グランベロー城は、都心から馬車を走らせること半日。

約千エーカーもの広大な敷地に、歴史を感じさせる重厚感をただよわせて鎮座していた。

「この荘厳さは圧巻ですね！」

ジネットは馬車の小窓から覗き込みながら、興奮したように言った。それをクラウスが穏やかに見守っている。

「さすがグランベロー城だね。外門から内門だけでも千ヤード、さらに内門から玄関も千ヤードあるそうだよ」

「それだけあったらお店が何軒開けてしまうのでしょう⁉　規模が尋常じゃありません！」

窓の外に広がる芝生は青々と綺麗に刈りそろえられており、この広さの芝生を維持するだけでも相当な労力が必要だ。

やがて迎え入れられたグランベロー城内部も、ドーム型の高い天井には緻密な天使画が描かれ、あまりの豪華さに思わず拝んでしまいそうなほど。

ジネットは天井画を見ながら、ほうっと感嘆のため息を漏らした。

「クラウス君、ようこそ来てくれた」

そこへ出迎えてくれたのは、もちろんパブロ公爵だ。どっしりとした体軀に、四角い顔にはたっぷりの髭（ひげ）。

威厳に満ちた様子でパブロ公爵が手を差し出すと、クラウスはその手を握りながらさわやかな笑みを浮かべた。

「こちらこそお招きいただきありがとうございます、閣下。グランベロー城に招待していただけるなんて光栄の極みです。隣にいるのが、僕の婚約者のジネットです」

紹介されて、ジネットはちょこんとお辞儀（カーテシー）を披露する。

「ほう、これが君の……」

ちら、と向けられた瞳が一瞬細められる。

しかし、それきりジネットにかける言葉はない。反応からして、やっぱりジネットの評判を聞いたことがあるのかもしれない。

ジネットはにっこり微笑んだ。

（なんと思われていようが気にしないわ！　それより今日は借りて来た猫のように振る舞わなければ……！　でしゃばらずに、控えめに。何より、絶対に失礼のないようにしないと！）

社交界でのパブロ公爵の影響力は絶大。そんな彼に気に入られれば、当然社交界で一目置かれることになる。

今さらジネットの名誉挽回（めいよばんかい）は考えていないが、これ以上クラウスの足だけは引っ張りたくなかった。

「さ、立ち話もなんだ。奥で話そうじゃないか。君がヤフルスカ王国で学んできたことを私にもたっぷりと聞かせてくれ」

「喜んで」

通された応接間で、ジネットはふたりの会話に相槌を打ちながら、時折ちらりと室内に目線を走らせていた。

壁一面に飾られた絵画はどれもよだれが出そうなほど美しく、できればこんな遠目からではなく一枚一枚、じっくりと眺めたい。

（あああ、あそこに飾ってあるのは、カブール美術の頂点と名高い名画……！　こっちの緻密な描写は、希少なギュスネー派の一枚だわ……！　それに防寒用のタペストリーも、すべて上質なルブット織なのはさすがです！）

そうやってちらちらと部屋の中を観察していると、パブロ公爵が思い出したようにジネットの方を見た。

「さっきから難しい話ばかりですまないね。お嬢さんには退屈だろう」

「いえ、お気になさらず。とても興味深いお話です！」

それは嘘でもなんでもなく、本音だった。

実際クラウスとはよくそういう話をしていたし、彼がヤフルスカで学んできた話を聞くのも楽しみにしていたのだ。

いつもだったらとっくにクラウスを質問責めにしているところなのだが、今日は〝大人しい普通の令嬢〟を演じるのが任務のため、借りて来た猫のように静かにしていた。

（今は我慢、我慢……。帰ってからいっぱい聞かなくては！）

と、そこへ、コンコンとノックの音がして、執事と思わしき男性が入ってくる。

「旦那様、ご注文の品が届いたようです。お部屋にお持ちいたしますか？　それとも今ここに？」

途端、パブロ公爵の顔がパッと輝いた。

それは、落ち着きのある公爵の顔ではなく、新しいおもちゃを目の前にした少年のように無邪気な顔だ。

「ここに！　今すぐここに持ってきてくれ！」

「かしこまりました」

（一体、何が運ばれてくるのかしら……？）

ちらりとクラウスを見ると、彼も何なのかは知らないらしく、不思議そうな顔をしている。

一方、先ほどよりうきうきとした様子で、パブロ公爵が言った。

「実は、もうすぐ妻（クリスティーヌ）との二十回目の結婚記念日でね。記念にこれを贈ろうと思っているのだ」

運ばれてきたのは、明るく鮮やかなブルーグリーンの宝石が連なったネックレスだ。一粒一粒がどれも大振りな宝石は、まるで南国の美しい海をそのまま固めたかのよう。碧緑（へきりょく）の澄んだ輝きはかつて見たことがないぐらいまばゆく、豪華だった。

一粒一粒がどれも大振りで、見たことがないぐらいまばゆく、豪華な一品だった。

「これは……！　もしかして、バイラパ・トルマリンではありませんか⁉」

すぐさまジネットが興奮したように声を上げた。見開かれた目が、鮮やかな光を放つ宝石にくぎ付けになる。

「ほう？　すぐに見抜くとは、噂は本当らしい」

（噂って、どの噂のことかしら……？）

気になりつつも、ジネットの目は宝石を見つめたままだ。

なにせ目の前にあるのはめったにお目にかかれない、ものすごく希少価値の高い宝石なのだ。商人魂がうずかないはずがない。

ジネットは堰を切ったように熱く語り始めた。

「トルマリンは、ない色がないと言われるほど種類豊富な宝石ですが、その中でも近年バイラパ州で見つかったバイラパ・トルマリンは唯一無二！　美しさと希少価値で並ぶものはなく、トルマリンの王様とも呼ばれていますよね⁉」

「確かに商人からも似たような説明を受けたな。それで……おほん。やはり、女性から見てこれはいい宝石なのかね？　妻の瞳の色と同じだから選んだのだが、喜んでもらえると思うかね？」

そう言ったパブロ公爵は、どこかそわそわとして落ち着かなそうだ。

どうやら女性であるジネットに、このプレゼントの可否を判断してもらいたいらしい。

ジネットは微笑んだ。

「もちろんです！　たとえバイラパ・トルマリンの名を知らなくても、こんなに美しい宝石ですもの。それに瞳の色と同じなんて、なんてロマンチックなのでしょう！　センスのいいクリスティーヌ様

だったら、きっとお喜びになると思います！」

「そうか、そうか」

うなずくパブロ公爵は満足げだ。

それを見て、ジネットはもう少しだけ身を乗り出す。

「あのう……もう少し近くでじっくりよく拝見しても!?」

こんなにたくさんの高品質バイラパ・トルマリンを近くで見る機会なんて、そうそうない。

いつも隠しポケットに忍ばせている、特別に作ってもらった小さな虫眼鏡も引っ張りだす。

「ついでに、こちらを使っても!?」

ジネットが持っているものに気付いた公爵が、目を丸くして笑った。

「虫眼鏡？　お嬢さんは面白いものを持ち歩いているのだな。傷さえつかなければ、どれだけじっくり見てもらっても大丈夫だ」

「ありがとうございます！　トルマリンはナイフでも傷をつけられない硬さですから、よっぽどのことがない限り大丈夫です！」

ジネットはすぐに嬉々（きき）としてバイラパ・トルマリンを観察し始めた。その横で、パブロ公爵とクラウスがまた歓談を始める。

（ああっ！　なんて美しい輝き！　鮮やかなブルーグリーンは本当にどれも澄み渡って、まさにトルマリンの頂点と呼ぶにふさわしいわ……！　って、あら……？）

宝石の一粒一粒の輝きを楽しむようにじっくりと眺め――それからジネットは、サーッと青ざめた。

「……ジネット？」

すぐに、ジネットの異変に気付いたクラウスが声をかけてくる。

ジネットはのろのろと顔を上げた。その顔はいまや、死人のように青ざめている。

「あの……クラウス様……」

（――どうしましょう、この中に、偽物が交じっています……）

口には出せず、ジネットは金魚のようにパクパクとあえいだ。

「顔色が悪い。一体、どうしたんだい？」

クラウスは囁き声だったため、パブロ公爵はまだ気付いていない。上機嫌でクラウスの論文を見ながら何やら話している。

ジネットは気まずそうにクラウスに身を寄せ、それからひそひそと囁いた。

「あのう……クラウス様、どうしましょう。どうやら、宝石の中に偽物がひとつ、交じっているようなのです……」

クラウスの目が一瞬見開かれる。

だが彼は、すぐに何事もなかったかのような表情に戻った。

パブロ公爵がいるから、なるべく動揺を見せないようにしているのだろう。

ジネットに負けないくらい小さな声で、クラウスが囁き返す。

「……君がそう言うのなら、そうなのだろう。ところでそれを証明する方法はあるのかい？」

「はい、ひとつだけ、あります……」

言って、ジネットはひそひそとクラウスに耳打ちした。

「……わかった、なら僕から話そう。偽物はどれ？」

「一番右端のこれが、偽物です……」

ジネットが指さした宝石を見て、クラウスはうなずいた。

それからネックレスの入っている箱ごとそっと持ち上げ、まじまじと観察する。

「……おや？　クラウス君も、ネックレスが気になるのかね？」

まだ異変に気付いていないパブロ公爵は上機嫌のままだ。そこに、クラウスがためらいがちに口を開く。

「閣下……大変恐れながら、この宝石はどこで購入されたものでしょうか？　なじみの宝石商でしょうか？」

その聞き方に、何かただならないものを感じたのだろう。パブロ公爵の眉がぴくりと動き、いぶかしげな表情になる。

「……いつもの宝石商に頼んだのだが、何か問題があるのかね？」

公爵の返事に、クラウスは小さくため息をついた。

それから意を決したように、公爵をまっすぐ見る。

「……実は大変言いにくいのですが、この中にひとつ、バイラパ・トルマリンじゃないものが交じっているようです」

「何だとっ⁉」

途端に、パブロ公爵がガタタッと立ち上がった。その顔は、怒りと動揺で赤くなっている。

「これは何度も世話になった宝石商が持ってきたものだぞ！　それに、きちんと鑑定士にだって見せている！　だというのに、偽物が交じっているだと⁉」

(ああっ！　閣下が怒ってしまわれるのも無理はないわ！　だって偽物を摑まされたと聞いて喜ぶ人はいないもの！)

「一体どういうことか、説明してもらおうか！　いくら君と言えど、ただの言いがかりで私の名誉を傷つけられては困る！」

「それは――」

怒鳴る公爵に、クラウスが口を開きかけたその時だった。隣に座っていたジネットが、スッと背筋を伸ばしたのは。

それから、凜とした声で言う。

「――私が、説明いたします！」

すぐさま驚いた顔のクラウスが囁いてくる。

「ジネット、無理しなくていい。代わりに私が説明するよ」

きっと彼は、パブロ公爵様がすごい剣幕をしているから心配してくれたのだろう。

ジネットがその優しさに目を潤ませる。

「あいかわらずなんてお優しい……！　でも大丈夫ですクラウス様。だって私――」

心配するクラウスに向かって、ジネットはにっこりと微笑んでみせた

「お義母様たちがご褒美で散々鍛えてくださいましたから、これくらい全然平気なんです！」

言って、きりりとした表情でパブロ公爵の方を向く。

そう、いつも義母たちに対面する時のように、背筋をしゃんと伸ばして。

「閣下、このネックレスのトルマリンはどれも本当に見事です。バイラパ・トルマリン特有の鮮やかなブルーに、濃さもテリも申し分ありません。まさに最上級の輝き。……その上で言わせていただきますと」

ジネットはトレイに載せられたネックレスの一番右端をスッと指し示した。

「この一点だけ、あまりにも綺麗すぎるのです」

「綺麗すぎる？　どういうことだ？　最高級だから当然だろう？」

イライラと指で机を叩く(たた)パブロ公爵に、ジネットはゆっくりと首を振った。

「実はバイラパ・トルマリンは、美しい色合いと同時に、内包物と呼ばれる不純物が混じるのが宿命だと言われています。もちろん最高級のバイラパ・トルマリンであれば、内包物もかなり少なくなるのですが……右端のこの一粒だけ、内包物がまったく見られないのです」

それから、パブロ公爵の目をまっすぐに見つめる。

「仮に、内包物のまったくない完璧なバイラパ・トルマリンがあったとしたら。……このように端っこに配置せず、真ん中の最もいい位置に持ってくるはずです。でもこのネックレスでは、一番目立ちにくい端に、まるで隠すように配置されている。それはなぜでしょう？」

ジネットの言葉に、パブロ公爵がはっとしたように目を見開いた。

「〝偽物〟だからか……⁉」

「はい。これは恐らくバイラパ・トルマリンに色味がよく似た偽物――石自体は、アパタイトだと思われます」

〝アパタイト〟。古代キーリア語で〝騙す〟という意味を持つこの宝石は、含有する成分によってさまざまな色味を持つ、実に多彩な宝石だ。

そして同時に、数多くの宝石と混同されてきた歴史を持つ宝石でもあった。

（もちろんアパタイトも美しい宝石ではあるけれど……バイラパ・トルマリンと比べると、その価値は十分の一以下になってしまうの……！）

「アパタイト⁉ だ、だが、鑑定した人は確かにバイラパ・トルマリンだと！」

「……残念ながら、アパタイトとトルマリンの見分けは鑑定士でも騙されることがあるのです。閣下も、この虫眼鏡でご覧になってみてください」

言って、ジネットは使っていた虫眼鏡を差し出した。

受け取ったパブロ公爵がすぐさま検分し始めるが、その眉間には深いしわが刻まれている。

「……だめだ、私にはさっぱりわからん。どれも同じに見える」

「仕方ありません。このふたつは本当によく似ていますから」

「だとしたら、どうやって見分ければいいんだ！ 目で見てもわからない、鑑定士の言葉も間違っている。なら、これが偽物であるという証拠はあるのかね？」

イライラしたパブロ公爵に、ジネットがうなずいた。緑がかった灰色の目がきらりと光る。

「少し乱暴ですが、ひとつだけあります。……ナイフを持ってきていただけますか」

「ナイフ？　……おい、誰かナイフを持ってこい」

パブロ公爵の呼びかけに、すぐさま使用人たちが走ってゆく。

それから用意された細身の美しいナイフを見ながら、ジネットは言った。

「ご存じの通り、宝石は石ごとに硬さが違います。トルマリンは比較的硬い石であるため、ナイフで傷がつくことはありません。けれどアパタイトはガラスと同じ硬さのため、ナイフよりもやわらかいのです」

「つまり……ナイフで傷がつくかどうかで、これが本当にバイラパ・トルマリンかどうかわかるということか？」

ジネットはうなずいた。

かなり乱暴な方法ではあるが、今この場で結論を出すにはこの方法しかない。

そのことはパブロ公爵も理解しているのだろう。

彼はふぅ、とため息をつくと、ナイフとネックレスをそれぞれ手に取った。

それから、並ぶ本物のトルマリンのひとつに、思い切ってツ……とナイフを滑らせる。

「……こちらは傷がつかない。間違いなくトルマリンであるということか」

言いながら、今度はネックレスの右端に視線をやる。ジネットが偽物だと言った宝石だ。

皆が息を呑んで見つめる中、公爵がゆっくりとした動作で、問題の石にナイフを滑らせた。

――それから、大きく息をつく。

「……どうやらこれは、君の言う通りトルマリンではなかったようだな……」

そう言って差し出された宝石には、確かに一筋、ナイフの痕であるである白い線が浮かび上がっていた。

(やっぱり……！)

ジネットはクラウスと顔を見合わせた。彼も、ジネットを見てうなずいている。

そんなふたりを前に、パブロ公爵ががっくりとうなだれた。

「なんということだ……！　ただ偽物を掴まされただけでも腹立たしいのに、妻との結婚記念日はもう間近なのだぞ⁉　気高い彼女に偽物の宝石など贈れるわけがない！　かと言って今から彼女にふさわしい物を作る時間も……！」

(ああ、せっかくの心のこもったプレゼントが……！　でもこの状況、なんだか身に覚えがあるような……)

ジネットはじっと目の前の宝石を見つめた。

(……そういえば、ついこの間も、お義母様たちに似たようなご褒美を言い渡された気がするわ。夜会に必要だから『今話題の〝奇跡の鉱物〟を使ったブローチを持ってきてちょうだい！』と……あの時は確か三日で用意していたから……あれっ？　これってもしかして……ご褒美では⁉)

思い出して、ジネットは思い切って尋ねてみた。

「閣下、ちなみに奥様との結婚記念日は、いつでございますか？」

「一週間後だ……。記念として舞踏会も開くつもりで、招待状も送ったばかりだというのに……！」

〝一週間後〟

その言葉にジネットは顔を上げた。

「……それなら、なんとかなるかもしれません」

「本当か⁉　用意してくれるのなら、金に糸目は付けぬ！」

ガタッと身を乗り出すパブロ公爵に、ジネットはにっこりと微笑んだ。

「お任せください、閣下。一週間後までに必ず、クリスティーヌ様にふさわしい完璧なお品を用意させていただきます！」

◆

――それから二日後。

色とりどりの装飾品が並ぶ宝石店を後にしながら、ジネットは横に並ぶクラウスに言った。

「やはりパブロ公爵閣下に献上できるほどの石は、そうそう見つかるものではありませんね」

ふたりは今、最後のバイラパ・トルマリンを探しに来ていたのだ。

難しい顔をしたクラウスが言う。

「これで都の宝石商は全滅か……。ジネットが手紙を送った、他国の商人はどうだい？」

「今返信を待っている最中です。もし条件に合うものがあったら、値段に糸目は付けずに買い付けるつもりですが……」

そこで一度、ジネットは言葉を切った。

気付いたクラウスがこちらを見る。

「どうしたんだい」

「いいえ、実はずっと考えていたのです。パブロ公爵にネックレスを売った宝石商は、どうして一粒だけアパタイトにしたのだろう、と……」

聞けば、パブロ公爵はグアハルド宝石店という店で、デザイン画と宝石を見てその場で購入を決めたのだと言う。

ただしその際に、もともと三つだったバイラパ・トルマリンを、五つに増やすよう注文している。

ジネットが知っているグアハルド宝石店の店主は、無理な仕事を引き受ける性質ではないため、きっと用意できると思ったからこそ引き受けているはずだ。

もちろん、アパタイトをバイラパ・トルマリンと騙(かた)って利益を出そうとした可能性もなくはないが……。

（いいえ、グアハルドおじ様に限ってそれはないわ。お店の経営状況だって良いと聞くし、詐欺に手を出す利点なんてないはずよ）

逆に、偽物を売る欠点は山のようにある。

まず、この業界でひとたび偽物を売れば、店の信頼は間違いなく失墜する。

さらにそれが意図的に行われているのなら最悪だ。

店を畳むだけならまだいい方で、最悪、詐欺事件として牢獄(ろうごく)に入れられる可能性だってある。

そうジネットが説明すると、クラウスは「確かに」とうなずいた。

「言われてみればそうだな……。そもそもなぜ、偽物をひとつだけ交ぜたのか気になる」

「はい。実は私もずっと気になっていたんです。そして思ったのですが……もしかしたら、最初は本当に騙す気はなかったのかもしれません。何かの理由で、そうせざるを得なかっただけで……」

言って、ジネットはじっと考え込んだ。

（……もし私の予測が当たっているなら、当初入れる予定だった本物のバイラパ・トルマリンは、グアハルド宝石店に行けば、手がかりが手に入れられるかもしれない）

同じことを考えたらしいクラウスが、微笑みながら手を差し出す。

「だったら、グアハルド宝石店に鍵がありそうだね。現地に行こうか？」

「はい、ぜひ！」

ジネットはうなずくと、クラウスの手を取って歩き出した。

◆

「ご無沙汰しております。ジネット・ルセルです。グアハルドおじ様はおられますか？」

たどり着いたグアハルド宝石店で、ジネットは近くにいた店員に声をかけた。

すると、ジネットの名前が覚えられていたせいか、すぐに店主であるグアハルドの部屋に案内される。

確かパブロ公爵は「すべてが片付いた後に宝石商と話をする」と言っていたから、グアハルドはまだ偽物が発覚したとは知らないはずだ。

「これはこれは、ジネットちゃんにクラウス伯爵まで、一体どういう風向きかね？」

貴賓室の椅子に腰かけたジネットとクラウスに、眼鏡をかけた五十すぎのグアハルドが、にこやかな顔でやってくる。

ジネットは立ち上がって品よくお辞儀した。

「ご無沙汰しております、グアハルドおじ様」

父とも仲の良いエドモンドやゴーチエほど親しく付き合ってきたわけではないが、グアハルドともそれなりに交流してきた。

だからこそ、今から言おうとしている質問をぶつけるのは心苦しい。

けれど、ジネットは言わなければいけなかった。

「グアハルドおじ様……単刀直入にお聞きします。どうして、アパタイトをバイラパ・トルマリンと偽ってお出ししたのですか？」

ジネットの問いに、穏やかなグアハルドの顔が一瞬にして固まる。パブロ公爵の名を出さなくても、ジネットが何を言っているのかすぐにわかったようだ。

それから長い間を置いて、グアハルドがゆっくりと息を吐く。

それはまるで、すべてを諦めたかのような、長い、長いため息だった。

「……君が来た時から、そうじゃないかと思っていたんだ。悪いことは隠し通せるものではないね」

「やはり、わざとだったんですね。どうして……！」

ジネットは悲痛な面持ちで尋ねた。

（そんなことをしたら、おじ様が築いてきたすべてが失われるのに……）

そこへ、バンと扉が開く音がして、クラウスとそう年の変わらない青年が突然部屋に飛び込んでくる。かと思うと、青年は勢いよく床に頭をこすりつけた。

「申し訳ありません！　すべては俺のせいで、グアハルドさんは悪くないんです！　俺があの日、近道をしようとしなければ……宝石を無くすこともなかったんです……！」

驚くジネットとクラウスの前で、彼は泣きそうな顔で顛末を語った。

――その日、彼は護衛とともにみずから馬に乗って、追加で仕入れたバイラパ・トルマリンを運んでいる最中だったという。

予定よりもだいぶ時間がかかってしまったため、焦った彼は近道をしようと、普段は通らないスラム街を通った。

「そしたら……道の真ん中に物乞いが飛び出してきたんです。咄嗟に避けようとしたんですが、馬ごと転倒して……。箱に入っていたトルマリンが、道に転がり出てしまったんです」

そして落ちた宝石に、周囲にいた物乞いたちが一瞬で群がって来た。

「一粒は護衛が取り戻せたんですが、もう一粒が行方不明になってしまって……！　申し訳ありません！　全部、俺のせいです！　牢屋に行くなら、俺を連れて行ってください！」

そう言って頭を下げた青年は、落馬の際に怪我をしたのだろう。片腕を包帯でぐるぐる巻きにしていた。

すぐさま席を立ったグアハルドが、青年を立ち上がらせる。

「何事も事故はつきもの。君が悪いわけではない。本当は、トルマリンを紛失した時点でパブロ公爵に打ち明けていれば、こんなことにはならなかったんだ……。だがアパタイトならごまかせるかもしれないと、魔が差してしまった」

鑑定士ですら騙される魔の宝石、アパタイト。

詐欺は絶対に許されることではないとは言え、緊急時にそれが目の前にあったら……。

ジネットは何も言わず、ぎゅっと手を握った。

「すべては誘惑に負けてしまった、私の責任だ」

言って、グアハルドが深いため息をつく。

そんなふたりに、クラウスがためらいながら尋ねる。

「……ではトルマリンは、そのまま見つからなかったのですね？」

「ああ。近くの物乞いたちに聞き込みをしたり、闇商人のところに行ったりもしたが、ついぞ見つからなかった。どんなに高値でも買い戻すつもりだったが、本当に知らないと言われたんだ」

（高品質な宝石は、闇商人にとって格好のネタのはず。なのに知らないのなら、売りに出されていないのかしら……？）

ジネットが考える横で、グアハルドが顔を上げる。

それは罪を認め、そして受け入れた、どこか清々(すがすが)しさのただよう顔だった。

「パブロ公爵に伝えてくれ。私は逃げも隠れもせず、しかるべき罰を受けると。けれど牢に入る前に、従業員や家族たちの今後のことを整理する時間だけもらえないだろうか」

「……わかりました。私が責任を持って、パブロ公爵にお伝えいたします」

ジネットの返事に、グアハルドはほっとしたように微笑んだ。


――宝石店を出た後、考え事をしながらクラウスは言った。

「結局、本物のバイラパ・トルマリンは行方知れずのままか。ならばジネット、いったん家に帰って準備をしてから、スラム街に行こうか？」

その提案に、ジネットは驚いたように彼を見る。

「えっ！　奇遇ですねクラウス様！　実は今、まったく同じことを考えていたのです！」

（だって闇商人も知らないとなると、トルマリンはまだスラム街にあるはずだもの！）

「闇商人も知らないとなると、トルマリンはまだスラム街にあるはず。だとしたら、君ならきっと探しに行くだろうと思ってね」

（えっ⁉）

考えていたこととまったく同じ内容の言葉を言われ、ジネットは一瞬心の中を読まれているのかとどきりとした。

あわててクラウスを見るが、彼はいつも通り穏やかな顔をしている。

（さっ、さすがに優秀なクラウス様と言えど、読心術を習得しているわけじゃ……ないですよね⁉）

ドキドキしながら、ジネットは急ぎ準備をしてスラム街に向かった。

◆

「証言によれば、トルマリンを紛失したのはこの辺りです」

崩れかけの古い建物に、道にはぼろぼろの服を着た人たち。

荒廃した空気がただようスラム街は、日中とは思えないほどひっそりとしていた。

辺りにはちらほらと人がいるにもかかわらず、中心街のような覇気はなく、皆うろんな目でジネットたちをじろじろと見てくる。

それは鳥も同じで、響き渡るカァー、カァーという鳴き声に顔を上げてみれば、建物のあちこちに留まったカラスが、黒い瞳でじっとこちらを見つめていた。

「王宮からそれほど離れていないのに、雰囲気が全然違うな……」

クラウスが戸惑ったように言う。どうやら、彼は初めてスラム街に来たようだった。

「気を付けてくださいね、クラウス様。ここを歩く時は、近づいてくる人がいたら避けてください。誰かにぶつかった後は、必ず物が無くなっていないか確認してください」

一方、ジネットはひるむこともなく、慣れた様子でスイスイと前を歩く。

まずはあちこちで聞き込みを始め、道端に座り込む人たちと一言二言何かを話したかと思うと、コインを握らせる。そしてクラウスがたじろぐようなおどろおどろしい建物に入ったかと思うと、中でモクモクと煙草をふかす闇商人と言葉を交わす。

それが終わると、また次の闇商人のところへ。

そんなジネットを見て、クラウスが驚いた顔で尋ねる。

「驚いたな。君は闇商人たちとも知り合いなのか？」

「一部の方のみですが、親切にしていただいております。でも、油断すると容赦なく身ぐるみをはがされますので、気を付けてくださいね！」

「それってそんなに明るく言うことなのかい……!?」

首をひねるクラウスとともに、ジネットが次の目的地に向かおうと道に出た、その時だった。

路地裏から、ナイフを持ったごろつきが五人、飛び出してきたのだ。

「おい！　命が惜しければ金目の物を置いていけ！」

「ほら！　ご覧くださいクラウス様！　言っているそばから暴漢が出てきましたよ！」

「とても暴漢に襲われているとは思えないはしゃぎっぷりだね……。でも、そんなところが君の魅力だけれど」

苦笑しながら、クラウスがすらりと腰に下げていた剣を抜く。

実は「スラム街に行くのであれば武装必須です！」というジネットのアドバイスの元、クラウスもしっかり用意してきたのだ。

それを見たごろつきが鼻で笑う。

「腕の細っこいお貴族サマが、俺たちに敵うかよ！」

「おっと。人を見た目で判断するのはよくないよ」

そう言ってクラウスがうっそりと笑った次の瞬間、ごろつきが持っていたナイフは跳ね飛ばされ、斬られた男が「ぐあああっ」とその場に倒れていた。

――クラウスが、目にも止まらぬ速さの剣さばきを見せたのだ。

「剣技もすばらしいなんて、さすがクラウス様です！　微力ながら私も助太刀いたします！」

その勇姿に、ジネットが興奮したように叫ぶ。

すぐさまポシェットをごそごそ探ったかと思うと、ジネットは卵大ほどの玉をいくつか取り出した。

それをごろつきの顔めがけて、思い切り放り投げる。

ジネットの動きを見たごろつきは最初、ナイフで玉を弾こうとした。

「こんなもん、当たるわけが……って、おわっ⁉　なんだこりゃ！　目がいてえええ‼」

だが刃が触れた瞬間、玉は驚くほどあっけなく弾けて、バサッと辺りに赤い粉が舞い上がったのだ。

それは目や口に入ると激痛を伴う激辛唐辛子粉――ジネットが考えた対暴漢用の防犯玉だった。

ちなみにいつか売り出したいと、ジネットは思っている。

そしてもだえ苦しむごろつきの隙をついて、クラウスがまたひとり切り倒す。

それを見た残りの男たちが叫んだ。

「んだとっ⁉　ちょこざいな。なら玉をよければ――ってどこに投げてるんだ⁉」

次にジネットは、ごろつきの横、誰もいない場所に向かってぽーんと玉を放り投げていた。

――と思った次の瞬間。

ボォオンという派手な爆発音とともに、吹っ飛ばされたごろつきがべしっと壁に叩きつけられる。

「なっ……‼　ジネット、なんて物騒なものを持っているんだ⁉」

その威力にはごろつきどころか、クラウスも驚いた。いや、ジネット自身も驚いていた。

「え……煙幕を出すだけのつもりだったんですが、火薬の量を間違えたようです……！　あっでも安心してください！　試作品の煙幕玉は、これだけなので！」

「それを聞いてほっとしたよ……。おかげでまたひとり減ったし、あとは任せてくれ」

言うなり、クラウスは素早い動きで、残るふたりをあっという間に斬り伏せてしまった。

そしてごろつきたちがひぃひぃと言っている間に、彼はジネットの手を握って走り出す。

「仲間が合流してくると厄介だ。ここは一度離れよう」

「はいっ！　あっ、こっちにいい道があります！」

まだ暑さの残る秋の始め。沈みかけた夕日に照らされながら、ふたりは息を弾ませ、しっかりと手を繋いで疾走した。

それを見守るように、カァー、カァー、とカラスの鳴き声が響く。

やがてごろつきたちの姿が見えなくなってからもふたりは走り続け、かと思うとジネットが突然声を上げた。

「クラウス様、待ってください！　あそこに気になるものが！」

「？　一体、何が？」

ジネットが指さしたのは、やせ細った木の上にある鳥の巣だ。

「あれは……もしかしてカラスの巣？」

「はい！　今からあれを、ちょっと見てきますね！」

言うなり、ジネットはスカートをたくし上げ、木によじ登り始めようとする。

「ジネット⁉」

仰天したのはクラウスだ。

あわてて木に登ろうとしていたジネットを、後ろから抱き上げる。

「わぁっ⁉　く、クラウス様、何を⁉」

「それはこっちの台詞だよ、ジネット。なぜ急にカラスの巣なんて？」

「こ、これには深い訳が……！　それよりも下ろしてくださいクラウス様！　私、重いですよ‼」

「なら、木登りなんて危険なことは私に任せなさい。それに、君は羽のように軽いよ」

言いながら、クラウスがひょいとジネットを地面に降ろした。

（ひゃああ！　羽のように軽いって、表現が貴公子のようです！　いえクラウス様はまごうことなき貴公子なんですけれど……！　それにしても、私のことを軽々と抱き上げていらっしゃったわ）

思いがけず力強かったクラウスの腕を思い出して、ジネットは赤面した。

その横では、クラウスが軽い身のこなしで木に登っている。そしてカラスの巣を覗き込み……。

「ここには何もないようだけれど」

「そう、ですか……。でも、すぐに見つかるとは思っていません。次へ行ってもいいでしょうか⁉」

「次って、もしかしてまだカラスの巣を探すつもりなのかい？」

「はい！　私の情報によれば、カラスの巣の中にアレがあるはずなのです」

アレとは、もちろんジネットたちが探し求めているバイラパ・トルマリンのことだ。

トルマリンを探すためにカラスの巣を漁るなんて、他の人が聞いたら、きっとジネットのことをおかしな目で見ていただろう。

けれどクラウスは、何も聞かず、静かにうなずいただけだった。

「そういうことなら、すぐに次に行こう。もたもたしていると日が暮れてしまうからね」

「はい！」


――そうして、ふたりがカラスの巣を探し始めてから三時間後。

辺りがとっぷりと暗くなった頃に、クラウスは廃墟(はいきょ)の屋根に設けられた巣の中から、一粒のバイラパ・トルマリンを摘まみ上げた。

月夜の白い光に照らされたそれは、静かにブルーグリーンのきらめきを放っていた――。

◆

「――失われたバイラパ・トルマリンは、一度スラム街の住人の手に渡っていたんです」

パブロ公爵邸の貴賓室。

最後の一粒を取り戻し、見事完成したネックレスを差し出しながらジネットは言った。

受け取ったパブロ公爵が、ネックレスの輝きに目を細める。

「おお、これが本物のバイラパ・トルマリンか！　……と言っても、正直私には違いがわからないが……なぜそれが、カラスの巣にあったんだね？」

「光るものが好きだと言う、カラスの習性です」

ジネットは説明した。

バイラパ・トルマリンは、スラム街の住人によって一度は奪われた。

だがトルマリンを手に入れた青年が宝石の珍しさに、屋根の上でまじまじと観察していたところへ、今度は光るものが好きなカラスに奪われたのだ。

あわてて追いかけようとした青年だったが、不幸にも脚を滑らせ、屋根から落下。

負傷した足ではカラスを探すこともできず、ふてくされているところに聞き込みに来たのがジネットだったのだという。——ちなみに彼は情報の報酬として、マセウス商会へ働きに来ることが決まっている。

「なるほど。まさかそんなところにあったとは……ではクラウス君がなぜか傷だらけなのは、カラスと格闘したからかね？」

パブロ公爵の言葉に、顔と手のあちこちに傷を作ったクラウスが苦笑した。

「ええ、何せカラスの巣を漁りましたからね。ずいぶん突っつかれました」

「クラウス様の美しいお顔に傷がついてしまいました……。やはり私が登ればよかった」

しょんぼりとうなだれるジネットに、クラウスがくすくすと笑った。

「何を言っているんだ。君の可愛い顔と手を守れて、私は誇りに思っているよ」

「クラウス様……！」

アメジストのように光る紫の瞳が、優しくジネットを見つめている。

昨夜、月に照らされたクラウスの姿も人ならざるもののように美しかったが、太陽の下で見る彼の笑顔は、より一層輝かしかった。

（相変わらず笑顔がなんてまぶしい……！）

「……おほん」

ジネットが見惚(みほ)れていると、そばからパブロ公爵の咳払(せき)いが聞こえた。

「あっ、し、失礼いたしました！」

あわてて姿勢を正すと、パブロ公爵が面白がるようにくつくつと笑う。

「仲が睦まじくて素晴らしいことだが……一度、グアハルド宝石商のことを話そうと思ってね」

グアハルド。

その名に、ジネットだけではなくクラウスも姿勢を正した。

「彼が犯したのはれっきとした罪だ。本来なら、詐欺事件として彼を投獄することもできる」

パブロ公爵の顔は真剣だった。

「だが……事故が起きたのも、元と言えば私が急な注文を入れたせいでもある。さいわいトルマリンも見つかったし、ジネット嬢の働きに免じて、彼を警官に突き出すことはしないでおこうと思う」

その言葉に、ジネットがぱっと顔を輝かせた。

誘惑に負けて過ちを犯してしまったとは言え、それまで誠実に頑張って来たグアハルドが投獄されるところは見たくなかったのだ。

「私も、それがいいと思います！　代わりに、グアハルドのおじ様には何か別の形で償っていただくのはどうでしょう？　例えば、そのネックレスとお揃いの指輪と耳飾りを作ってもらうとか」

ジネットの提案にパブロ公爵が目を丸くする。

「無罪放免でもよかったのだが……さすがジネット嬢は、抜かりがないな」

「はい！　私、商売人ですので！」

ジネットの明るい声に、パブロ公爵とクラウスはくすくすと笑った。

そんな三人の前では、すべての宝石を取り戻したバイラパ・トルマリンのネックレスが、鮮やかな光を放ちながら、きらきら、きらきらと輝いていた。

第四章　オーロンド絹布（けんぷ）

——数日後。

その夜、ジネットはギヴァルシュ伯爵家にある自分の部屋で、サラとともに身支度をしていた。

「……あのう、サラ？　本当に、このお化粧で大丈夫かしら……？　変じゃない？　なんだかとっても薄いような……。私、顔が地味だから笑われてしまうかもしれないわ……！」

ジネットはハラハラしながら鏡の中の自分を見ていた。

そこに映っているのは、赤毛を今流行りのやわらかなアップスタイルに結い上げ、目元にうっすらとブルーのラインを引いたジネットの顔。

いつもの強く濃い化粧と違って、ごくごく最低限だけ乗せられた色は控えめで、信じられないほど薄い。

『ジネットあなた……本当に顔が地味でかわいそうだわ。せめてわたくしが、美しい化粧を選んであげるわね』

そう言われて以来、長年ずっと義母（はは）がすすめた通りの濃い化粧をしていた。だから今の薄い化粧は、まるで下着で人前に出ているような恥ずかしさを感じる。

おろおろするジネットに、サラが拳を握って熱弁した。

「変だなんてとんでもない！　私はずっと、お嬢様にちゃんとお化粧をできる日を心待ちにしていたんですよ！　このお化粧こそ、お嬢様のすばらしさ愛らしさ美しさを引き出す、最高の出来だと自負しております！　ああ、今のお嬢様はまさに社交界に舞い降りたる女神……！　皆様の反応を想像しただけでよだれが出そうです！」

「そ、そう……!?　変じゃないのならいいのだけれど……」

「きっと、クラウス様も褒めてくださるはずですよ。さっ、準備は終わりました！　舞踏会に行きましょう！」

にこにこと微笑みながら、サラが機嫌よく請け負う。

まだ気恥ずかしく思いながらも、ジネットはうながされるまま立ち上がった。

――ジネットはこれから、クラウスと一緒にパブロ公爵家で行われる、二十回目の結婚記念舞踏会に参加しようとしていた。

自分の部屋を出て、応接間に向かう。そこでクラウスが待っているのだ。

――だが。

「ジネット……!?」

会うなり、クラウスはお化けでも見たかのように目を丸くして絶句した。

そんな彼の様子に、ジネットがサーッと顔を青ざめさせる。

（あああっ！　や、やっぱり、私の顔が貧相すぎたんだわ！　クラウス様が硬直している！）

「ごめんなさい！　やっぱり変でしたよね!?　サラ！　申し訳ないけれど、今すぐお化粧をやり直して――」

「いや待ってくれ！　むしろそのまま、そのままで！　お願いだから絶対にやり直さないでくれ！」

すぐさま踵を返そうとしたジネットを、クラウスがあわてて引き止めた。

力強い手に腕を引かれ、ジネットがおそるおそるクラウスを見る。

「……すまない。知ってはいたが、君があまりに美しすぎて、つい言葉をなくしてしまった」

そういうクラウスの顔は、なぜかまた頬が赤くなっていた。

（美しすぎる？　私が？　……クラウス様は頭でも打ったのかしら……⁉）

ジネットが心配していると、頬を赤らめたままのクラウスがうめく。

「……白状しよう。僕は今、とても複雑な心境なんだ。君の素顔を誰にも見られたくない、ひとり占めしておきたいと思うと同時に、君の美しさを皆に知ってほしいという相反する気持ちで揺れている。……こんな感情は初めてだ」

（私もこんなクラウス様は初めて見ます……！　お顔も赤いし、何やら不思議なことを言い出しているし……あっ！　もしかして⁉）

ハッと思い立って、ジネットは背伸びしてクラウスのおでこに手を当てた。

「クラウス様、お風邪でも召されてしまったのですか⁉　大変！　お医者様をお呼びしなければ！」

「いや、そうではないんだけれどね……」

言いながら、クラウスはなぜか笑い出していた。

それからジネットの手を優しく取って、甲に口づける。

「ひゃあ⁉　な、なんだか今日のクラウス様はおかしいです！　やっぱりお熱があるのでは⁉」

「熱はないよ。それより、今日のドレスも本当によく似合っている。これはなんだい？　見たことのない生地だ」

クラウスの言葉に、ジネットは先ほどの照れも忘れてぱぁっと顔を輝かせた。

「あっ、そうなんです！　実はこの生地、とっておきなんです！」

嬉しくなったジネットは、ドレスの裾をもちあげてくるりと回ってみせる。

――今ジネットが着ているのは、〝オーロンド絹布〟と呼ばれる絹布で作られた青のドレスだ。

主張しすぎないシンプルで上品なラインに、後ろに流れるように広がる裾。

一見するとただの青いドレスに見えるが、角度を変えることで、まるでドレスの中に夜空が広がっているようなすばらしい輝きが現れるのだ。

クラウスが感心したように言う。

「これは見事だね。遠目から見ても美しいが、光を受けることで見たこともない幻想的な光り方をする。きらきらと華やかで、それでいて派手すぎない塩梅がすばらしい。きっとこのドレスは、夜空に輝く一番星のように、周囲の視線を集めること間違いなしだ」

「そうなんです！　それがオーロンド絹布最大の特徴なんです！　最近仲良くなったヤフルスカの商人さんに紹介していただいて……」

「ヤフルスカの商人に？　驚いたな。君はいつの間にそんなところにもコネクションを作っていたんだ」

そこまで言ってから、クラウスは「ああ」と気付いたように呟いた。

「もしかして、次はこれを売り出すつもりなのかな？」

「はい！　原価がそれなりに高価だったので、私では扱えないかもと思っていたんですが……逆に、社交界の方々なら、もしかしたら興味を持つかもしれないと思って」

ジネットはそこで一度言葉を切った。それからしょんぼりと眉じりを下げる。

「ですが着ているのが私だと、どうも力不足な気がしています。どうでしょうか？　やっぱりほかのご婦人に着てもらった方がいいのでしょうか……？」

不安そうなジネットに、クラウスが優しく微笑んだ。

「そんなことはない。力不足どころか、今夜そのドレスを最大限輝かせられるのは君しかいないと断言しよう。ご婦人方どころか、会場中の注目が集まると思うよ」

「ほ、本当ですか!?　クラウス様にそう言っていただけると、なんだか自信が出てきました……！」

照れたように笑うジネットの腰に、クラウスがそっと腕を回した。

「僕が贈ったパールのアクセサリーもよく似合っている。今日の君は、まさに夜空をまとう女神だね」

「クラウス様……！　それとても素敵ですね!?　『夜空をまとう』。この生地はその売り文句を使わせていただきます！」

「ああ、うん。いや、そういう意味じゃないんだけれど……まあ君が喜んでくれるのなら嬉しいよ」

言ってクラウスが複雑な顔で額を押さえる。

後ろでは、そんなふたりを見ながらサラが嬉しそうにくすくすと笑っていた。

◆

グランベロー城のダンスホール。

その大きな扉の前で、限りなく黒に近い濃紺のテイルコートをまとい、ジネットとおそろいのパールのピンをつけたクラウスが手を差し出した。

涼やかさと甘さが共存する麗しい目元に、筋の通った鼻。品のある薄い唇。

その顔は絶世の美男子と呼ぶにふさわしい、完璧な美しさで形作られている。

(いよいよですね……!)

ジネットは深呼吸して、高鳴る胸を落ち着かせた。それからクラウスの手を取ると、一歩踏み出す。

すぐに案内人が、高々と名前を呼びあげた。

「クラウス・ギヴァルシュ伯爵、ならびに婚約者のジネット・ルセル令嬢のおなりです!」

ジネットたちの目の前に広がるのは、見事な天井画が広がるグランベロー城の絢爛豪華(けんらんごうか)なダンスホールだ。

パブロ公爵夫妻の結婚二十周年記念ということもあり、ホールはこれでもかと飾り立てられ、あちこちで輝くシャンデリアが、パブロ公爵の富と威光を象徴するように輝いていた。

招待客も皆、失礼にならないよう、自分にできる最高の装いで訪れている。

ジネットは緊張した面持ちでクラウスと腕を組むと、ダンスホールに足を踏み入れる。

そうして現れたジネットの姿を見て、すぐさまあちこちから驚いた声が上がった。

「ジネット・ルセル……？　あれが〝成金ルセル〟だって⁉」

「嘘でしょう……⁉　だって顔が違うわよ！　前まであんな綺麗じゃなかったわよね⁉」

「だが確かにルセルの名を聞いたぞ。それに隣にいるのは、婚約者のクラウスだ」

「化粧を変えたのか？　なんて美しい……！」

「ちょっと！　あなたの連れは私でしょう！　よそ見なんかしないで！」

「ねえ、待って。あのドレスは何？　すっごく綺麗……。もっと近くで見たいわ」

ざわざわ、ざわざわ。

囁き声というにはあまりにも大きい声に、ジネットは恥ずかしさにうつむかないよう、必死に前を向いていた。

（わ、笑われるのには慣れているけれど、今日のこの反応はよくわからないわ……！　でも、ちらっとドレスが褒められているのが聞こえたような……⁉）

戸惑うジネットとは反対に、クラウスはなぜかものすごく嬉しそうな顔をしていた。

「見てごらん。皆が君の美しさに見とれているよ」

そう言って微笑んだ彼の顔はとろけそうなほど甘く、ジネットを見ていたはずの女性たちからもほう……とため息が漏れる。

（美しいのはどう見てもクラウス様の方ですが……！）

まばゆすぎる笑顔に、ジネットがウッと顔をしかめた時だった。

「おお！　クラウス君にジネット嬢！　ふたりともよく来てくれた！」

主催であるパブロ夫妻が、ジネットたちの元にやってきたのだ。

満面の笑みでニコニコしているパブロ公爵と、隣に立つ美しい女性はクリスティーヌ夫人だ。

そのほっそりとした白い首には、大振りで鮮やかなバイラパ・トルマリンのネックレスが、完璧な姿で輝いている。

「今夜はお招きいただきありがとうございます、閣下」

クラウスが挨拶すると、パブロ公爵が上機嫌にぽんと彼の腕を叩（たた）いた。

「いやあ、本当に君たちのおかげだよ。こうして妻にも無事ネックレスを贈れて……あの節は本当に助かった」

「まあ、何かありましたの？」

事情を知らないらしい夫人が問いかけると、公爵は「まあな、ははは」とごまかすように笑った。

どうやら、偽物を摑（つか）まされたことは言いたくないらしい。

それから初対面の態度が嘘だったように、朗らかな声でジネットに微笑みかける。

「ジネット嬢も、私に手伝えることがあったら遠慮なく言ってくれたまえ！　君も今まで大変だっただろう。私を第二の父だと思って、遠慮なくこき使ってほしい。君たちのためなら何でもしよう！」

「ありがとうございます、閣下。こうしてお招きいただけるだけでとても嬉しいです！」

――本物のバイラパ・トルマリンを探し求めて駆けずり回った一週間。

スラム街でごろつきに襲われたりカラスの巣を漁ったりと想定外のことはあったものの、なんとか〝完璧なネックレス〟をパブロ公爵に届けられた。

それ以来、パブロ公爵は大喜びして、ジネットをまるで実の娘のようにかわいがるようになっていたのだ。

「まあ、あなたがこんなに女の子に優しくしているなんて、初めてですわね？」

驚いた夫人が声を上げると、パブロ公爵があわてて夫人を見る。

「も、もちろん一番は君だクリスティーヌ！　誤解しないでくれ。ただ、娘がいたらこんな気持ちなのかと……！」

「ふふ、あなたの一番はわたくしなのはよく知っていますから、妬いたりはしません。それに、我が家は男の子ばかりですものね……。この際、ひとりくらい女の子を産んでみてもいいかもしれないですわね？」

夫人の大胆な発言に、パブロ公爵の頰がポッと赤くなる。

「く、クリスティーヌ……⁉　それはまさか……⁉」

「あらあら、まだ人前よ、あ・な・た。続きは舞踏会が終わってからにしましょうね……」

（な、何やら大人の会話が……⁉）

目の前で繰り広げられる夫妻のいちゃいちゃした雰囲気に、ジネットは顔を真っ赤にした。

夫人がくすくす笑う。

「置いてけぼりにしてしまってごめんなさいね、ジネット様。ところで、あなたが着ているドレスは一体どこのかしら？　見たことがない、とっても素敵な輝きだわ」

夫人にドレスを褒められて、ジネットはパッと顔を輝かせた。

「はい！　これはオーロンド絹布でできているんです！　近々売り出そうと思っている新種の布地で……！」

「売り出す？　……あなたが？」

途端に、夫人の眉がひそめられる。

ジネットはハッとした。

（しまった！　社交界で労働は悪なのに、うっかり売ると言ってしまったわ！）

特に女性が商売を行うのは忌避(きひ)されており、婚約者であるクラウスまで非難されてしまう可能性もある。

（……けれど）

ジネットは顔を伏せた。

（異端かもしれないけれど、働くのが恥ずかしいことだなんて私は思わない……。自分の力が社会の役に立っているのなら、それはすばらしいことだって、以前クラウス様もおっしゃっていたもの。今ここで私が恥じたら、それこそクラウス様の気持ちを踏みにじることになってしまう……）

それからジネットは顔を上げ、まっすぐに夫人を見つめる。

「はい。……実は私、商売が大好きなんです」

『――お嬢様！　これ、すごく便利ですね⁉　背伸びしなくても部屋の隅々まで届きますよ！』

以前、ジネットの開発した伸縮式ハタキに目を輝かせるサラの姿を思い出しながら、ジネットは続けた。

「私が見つけてきたもの、手掛けたものでみんなが笑顔になってくれるのが、とっても嬉しいんです」

『――ジネットちゃんのところで売ってるハンドクリームが一番いいね。あれ以来、冬でもあかぎれ知らずだって、うちの奥さんが喜んでいたよ！　また頼めるかい？』

そう言って喜んでいたのは、父とも付き合いの長いおじ様だ。

「商品を売ることで感謝したり、感謝されたり、思わぬ方と縁が繋がったり……そしてそれが、まわりまわって自分たちの幸せにも繋がると思っているんです」

『お嬢様！』

『ジネットちゃん』

『ジネットお嬢様』

ジネットを支え、商品を喜んでくれる人たちの顔を思い出しながら、ジネットはクリスティーヌ夫人に向かって真剣な表情で言う。

「だから……貴族女性が労働なんてと、気分を悪くさせてしまったら申し訳ありません。でも、私は商売がとっても好きで、同時にとっても誇りに思っているんです……！」

頬を紅潮させ、ドキドキしながらジネットは言いきった。

（言った……！　ついに言ってしまったわ……！）

目の前ではパブロ公爵とクリスティーヌ夫人が、ジネットの勢いに驚いて目を丸くしている。

そこへ、声を上げて笑う者がいた。

「……ぷっ。聞いた？　あの子、あいかわらず商売しているんですって。貴族なのになんて品がないのかしら。さすが成金ね」

一瞬夫人が言ったのかと思ったその言葉は、近くに立つ令嬢の言葉だった。

ジネットは表情を変えずに、ぎゅっと拳を握る。

（それくらい、今までずっと言われてきたこと。全然平気よ！）

けれどそんなジネットとは反対に、眉間にしわを寄せて令嬢を見た人がいた——クリスティーヌ夫人だ。

「あら、そうかしら？　私はそうは思わないわ」

（クリスティーヌ様……!?）

思わぬ言葉にジネットのみならず、パブロ公爵やクラウスたちも驚いている。

みんなが見つめる中、クリスティーヌ夫人がジネットを鼻で笑った令嬢に冷たく言った。

「お金は大事なものよ。私たち貴族が、いいえ王族だって、民たちが頑張って働いているからこそ生きていられるの。なのに労働をバカにするなんてとんでもないわ。元王族の私ですらそんなことはしないのに……もしかしてあなた、神にでもなった気でいらっしゃる？」

威厳たっぷりの言葉に、嘲笑していた令嬢がサーッと青ざめる。

「も、申し訳ありませ……！　そんなつもりでは……！」

「ならその口はつぐんでいることね。わたくしのお客様に対して侮辱は許しませんよ」

「はっ、はい！　大変申し訳ありませんでした！」

それから彼女はひとしきり謝ると、同伴の男性と一緒にそそくさとその場から逃げ去った。

そんな令嬢の後ろ姿を見ながら、夫人がふぅとため息をつく。

「まったく、一体どこの誰なのかしら？　貴族女性が働いたら恥ずかしいなんて考え方を広めたのは！」

「いやあ、それはなんというかこう、時代の流れ的な……」

思い切り保守派であるはずのパブロ公爵が、苦笑いしながら言う。

そんな公爵には構わず、クリスティーヌ夫人がジネットに優しく微笑みかけた。

「わたくし、以前から常々思っていたのよ。貴族女性だって働いてもいいじゃない、家以外の場所で輝いたっていいじゃないって。それに、商売ができるだけでもすばらしいのに、あなたは信念を持っていてとてもかっこいいわ！　わたくしは機会を失ってしまったけれど、ぜひ応援させてちょうだい！」

その瞳は優しく力強く輝いており、夫人が本心から言っているのがわかる。

（嬉しい……！　まさかクリスティーヌ様が、そう言ってくださるなんて！）

感動に、思わず目が潤みそうになる。

そんなジネットを励ますように、夫人はジネットの両手を摑んだ。

「先ほど、そのドレスの布地を売り出すと言っていたわね。ならば、一番初めにわたくしに売って

くれないかしら？　ぜひ顧客第一号になりたいわ」

願ってもいない提案だ。ジネットは嬉しくなって、にっこり微笑んだ。

「もちろんです！　いいえ、むしろ私からクリスティーヌ様にプレゼントさせてください！」

美しく、それでいて絶大な知名度と人気を誇るクリスティーヌ夫人が着てくれれば、その名は一夜にして広がることは間違いないだろう。

オーロンド絹布の注文が殺到するのは、この時点で確定したも同然だった。

「嬉しいわ。わたくしたち、ぜひお友達になりましょうね！」

ジネットはクリスティーヌ夫人とともに、キャッキャと喜んだ。

その後ひとしきり歓談した後、後ろの列に気付いたクラウスがそっとジネットに囁く。

「さ、ジネット。そろそろ僕たちは行こう。他の来場者も閣下の挨拶を待っている」

「はい！　それでは、私たちはこれで」

夫妻に見送られて、クラウスとジネットはダンスホールに進み出た。

頭上では豪華なシャンデリアがキラキラと揺れ、まるでふたりの登場を待っていたかのようにタイミングよく音楽が始まっている。気付いたクラウスが、優しい瞳でジネットに手を差し出した。

「ジネット、僕とぜひ一曲」

「はい！　クラウス様」

嬉しそうに微笑みながら、ジネットはクラウスの手に自分の手を重ねる。

そのまま流れるように、ふたりはダンスホールに滑り出た。

すばやくワルツの型を取り、音楽に合わせて軽やかに踊り始めると、ジネットの動きに合わせてドレスが揺れる。そのたびにキラキラ、キラキラと、ドレスに広がる夜空がきらめく。

見る人を惹きつけずにはいられないその美しさに、周囲からまたわぁっという声が上がった。

「見てあのドレス。すごく綺麗だわ！」

「どこのドレスかしら？　さっき公爵夫人もものすごく褒めていらしたわよね？」

「あんな生地も見たことがないわ。星が輝いているみたいで綺麗ねえ」

ひそひそと聞こえてくる声に、ジネットは嬉しくなった。

「クラウス様……！　早くもクリスティーヌ様効果が出ている気がしますよ！」

『もちろんクリスティーヌ様もだけれど、その前にジネット、君の美しさも忘れてはいけないよ』

クラウスの口から突然聞こえて来たヤフルスカ語に、ジネットはきょとんとした。すぐさま自分もヤフルスカ語で聞き返す。

『クラウス様？　なぜヤフルスカ語を？』

『こうすることで、周りに何を話しているか盗み聞きされないだろう？』

くるりとターンをしながら、クラウスが今度はヴォルテール帝国の公用語であるノーヴァ語で言った。ジネットも転ばないようにステップを踏みながらノーヴァ語で返す。

『ですが、ヤフルスカ語もノーヴァ語も、習得されている方は多いですよ？』

ジネットの冷静な切り返しに、クラウスがふふっと笑う。

『そうだね。なら今話しているトレン語はどうだい？』

『トレン語なら、なじみのある方は少ないかもしれません。……って、そんなに秘密にしておきたいお話なのですか?』

『いいや。ただ君に囁く愛の言葉を、ほかの人に聞かせたくないんだ』

『あ、愛の言葉ですか……⁉』

その後も、クラウスが違う言語を駆使してジネットに語りかける。

『今夜の君は本当に綺麗だよ、ジネット。僕の女神』

ダンスに合わせてぐい、とジネットの腰を抱き寄せながら、クラウスが耳元で甘く囁く。ただしその言語はディガヤ語だ。

ジネットは耳を真っ赤にしながら、なんとかディガヤ語で返した。

『クラウス様、今夜は本当にどうされたのですか⁉ 大胆すぎます! やっぱりお熱が!』

『何度も言うけれど熱はないよ。それに、これくらいで大胆なんて言ってたら僕の友人に笑われてしまう』

『今度はパキラ語……⁉ そ、そのお友達は、ずいぶん情熱的な方なのですね⁉』

『そうだね、ヤフルスカの留学中に知り合ったんだけれど、いかにもパキラらしい情熱的な人だ。彼には君を紹介しろとうるさくせっつかれているが……本当は会わせたくない』

『そうなのですか?』

『だって君はこんなに美しいんだ。みすみすライバルをひとり増やすような真似、したくないだろう?』

『美しいだなんて、そんなことは……！』

『……ジネット、君は美しいよ』

説いて聞かせるように、クラウスが優しく囁く。

『義母君のせいで間違った思い込みが根づいてしまったようだけれど、君の誤解が解けるまで、何回でも、何千回でも僕が伝えよう。ジネット、君は美しい』

『クラウス様……！』

クラウスの真剣な瞳に、ジネットはどきりとした。

周りと使っている言語が違うせいだろうか。まるでこの広いダンスホールの中で、ふたりだけの世界にいるような、そんな錯覚を覚える。ジネットはどきどきしながら考えた。

（今日はずっと大胆なクラウス様に困惑させられっぱなしだけれど、なんだかとっても楽しい……）

ジネットはいつも笑われていたから、舞踏会ではクラウスの恥にならないよう、なるべく存在感を消していた。

けれど、今夜は苦手だった舞踏会とは思えないほど、周りの景色が輝いて見える。

（きっと、クリスティーヌ様がかばってくださったおかげだわ……！　あれから誰にも笑われていないし、おかげで人目を気にすることなく、思い切りクラウス様とダンスができたもの！）

クラウスはいつも優しいが、今夜の彼は輪をかけて優しい。

その上とんでもなく甘い言葉を囁いてくるものだから、ジネットはその甘さに頭がくらくらしそうだった。

（まるで、物語に出てくるお姫様のような扱いだわ……！）

やがて曲が終わると、クラウスがジネットの飲み物を取りに行く。その間にジネットは、急いで自分の頬を軽くはたいた。

（いけないいけない、顔がにやけそうになってしまうわ！　気を引き締めないと！）

そんなジネットに、聞き覚えのある声がかかる。

「――お姉様。何をはしゃいでいるの？　とてもみっともないわ」

視線を上げた先にいたのは、ピンクのドレスを着た義妹アリエルと、真っ赤なドレスを着た義母。

「まあ、アリエル！　それにお義母様もいらしていたのですね」

ふたりの姿を見たジネットが、にこやかに言う。

（そして今日も胸元に燦然とガラス玉が輝いていらっしゃるわ……！　もしかして新しい流行なのかしら？　後で調べないと）

微笑むジネットとは反対に、ふたりはなぜかものすごく機嫌が悪そうだ。

はぁ、とため息をつきながら義母のレイラが続ける。

「まったくあなたは……悪目立ちして、我が家の品格を下げたいの？　何なのかしらその化粧は。あなたは顔が地味だと、前に忠告してあげたじゃない」

「そうよお姉様。それにそのドレスは何？　ギラギラして、まるで娼婦みたいだわ」

「娼婦ですか……？　この生地は先ほど、クリスティーヌ公爵夫人が褒めてくだったものですが……」

クリスティーヌ公爵夫人の名前に、アリエルがぎくりとした。

一介の男爵令嬢が、公爵夫人の褒めたドレスをけなしたと知られたら……当然、とてつもなくひんしゅくを買う。

アリエルは急いでごまかすように咳払いした。

「お、おほん！　私の見間違えですわ。……とってもお上品で綺麗なドレスです」

「ありがとう！　嬉しいわ！」

（まさかアリエルに褒めてもらえるなんて……やっぱりクリスティーヌ様はすごい！　今日はいいこと続きだわ）

ジネットがほくほく顔でアリエルを見つめて微笑んでいると、たまりかねたらしい義母が一歩ずいと進み出る。

「大体、お前は何なのです⁉」

それから周りに聞こえないよう、ひそひそと囁く。

「パブロ公爵とあんなに親しそうに話して……！　一体どんな汚い手段を使って近づいたのですか⁉」

「ああ、あれはすべてお義母様のおかげです！　その節は本当にお世話になりました」

「わたくしの……⁉」

怪訝な顔をする義母にジネットがきりっとした表情で答える。

「はい！　実はお義母様たちが私にくださった数々のご褒美のおかげで、公爵閣下の危機をお助けできたのです！」

それを聞いた途端、今度は一転して義母がそわそわとし始めた。それはまるで、美しい令息を前にした乙女のような恥じらい方だ。

「ふ、ふうん？　よくわからないけれど、わたくしのおかげなのね？　……そのことは、ちゃんと公爵閣下には伝えた？」

「はい！　根掘り葉掘り聞かれましたので、ちゃんとしっかりお伝えいたしました！　今までお義母様たちが愛のムチで私の精神（メンタル）を鍛え上げてくださったこととか、短期間で要求された数々の品をどうやって手に入れたのかとか、なぜ私が家を出たのかとかも全部——」

「まってまってまって！　そこも話したの⁉　全部⁉」

あわて始めた義母に、ジネットは満面の笑みで答えた。

「はい！　以前お義母様に言われた『お前はメス豚ね！』という言葉が斬新だったようで、閣下は驚きに目を丸くしていました。それからアリエルに言われた『お姉様はアバズレと言うのですって』という言葉を聞かせましたら、感動で涙ぐんでいらっしゃいましたよ」

ヒュッと息を呑（の）んだのは、義母だったかアリエルだったか。どちらにせよ、ふたりはそろって顔面蒼白（そうはく）になっていた。

「あ、あら……？　ふたりとも、大丈夫ですか？　顔色が悪いようですが……」

心配したジネットが、義母に手を伸ばそうとした時だった。

「さわらないでちょうだい！」

わなわなと震えた義母がパンッとジネットの手をはじき――かと思うと、勢いあまってそのままアリエルの顔に当たったのだ。

「きゃあ！」

高い悲鳴が上がり、同時にブツンという音がして、アリエルのネックレスが千切れる。

それから――カシャーンと床に落ちる音がして、アリエルのつけていたピンクのガラス玉が砕けた。

アリエルが悲鳴を上げる。

「ああっ！　私のピンクサファイアが！」

（ピンクサファイア？）

その言葉に、ジネットは首をかしげた。

一方のアリエルは、割れたガラス玉を見ながら哀れっぽく叫んでいる。

「ひどいわお姉様！　いくら私が嫌いだからって、こんなことをするなんて！」

手がぶつかったのは義母だが、アリエルの中ではジネットが悪いことになっているらしい。

そこへ、飲み物を持ったクラウスが帰ってくる。

「どうしたんだい、ジネット」

「実は……アリエルのネックレスが、お義母様の手に当たって落ちた時に割れてしまいまして」

ジネットが説明している横でも、ふたりはギャンギャンと騒いでいた。

「お姉様のせいよ！」

「そ、そうよ！　あなたが変なことを言うから動揺してしまったのよ！」

甲高（かんだか）いふたりの声に周囲が何事かとざわめき始め、ジネットは焦った。

（ま、まずい……！　パブロ公爵夫妻の記念舞踏会で、騒ぎを起こしたくありません！）

これぐらいの言いがかりは慣れっこだから痛くも痒（かゆ）くもないが、せっかくのめでたい日に水を差すようなことはしたくない。

ジネットはすぐさま進み出た。

「ネックレスは私が弁償いたします。なので教えてください。これはどこの工房のガラス細工でしょうか？」

「え？　ガラス？」

その言葉に、アリエルが信じられないという目でジネットを見た。

「何言っているのよお姉様。これは選び抜かれたピンクサファイアよ？」

「え？　でも……」

ジネットは困惑した。

産地が違うとかカラット数が違うとか、そういう問題ではない。

（どう見てもガラスはガラス、よね……!?）

そもそも本物のサファイアは、落ちてもこんな砕け方はしないのだ。

戸惑うジネットに、顔を真っ赤にさせた義母が怒鳴る。

「ジネット！　言いがかりはよしてちょうだい！　これは私の信頼する商人から買ったれっきとした品よ！　ガラスのわけがないでしょう！」

「お義母様……ちなみに商人のお名前、あるいは商会のお名前は覚えていらっしゃいますか？」

「え？　……あの素敵な殿方は……お、おほん。いえ、あの気概のある商人は、確かバルテレミーと言っていたわね」

義母が途中、頬を赤らめながら言った名前に、ジネットは口を押さえた。

（バルテレミー！　界隈（かいわい）では有名な詐欺商人の名前だわ！）

それは甘いマスクと巧みな話術で貴族の奥方たちに取り入り、偽物の宝石を売りつける詐欺商人の名だった。

彼は以前ジネットにも取り入ろうとしてきたことがあったが、当然その場で偽物と見抜いて、お引き取り願ったことがある。以来カモにならないと判断されたのか、一度もやってきていなかったはずだが……。

「どういうことだい？」

眉をひそめるクラウスに、ジネットはひそひそと耳打ちした。

「実は、お義母様たちが宝石と偽ったガラスをしこたま買わされていたようなのです……！」

状況を把握したクラウスが、すばやく周囲に視線を走らせる。

「わかった。ここは僕に任せて」

そう言うと、今度はクラウスがすばやく義母に耳打ちした。

途端、義母の顔がサァーッと青ざめる。

「そ、それは本当なの……!?」

「ええ。疑うようなら、知り合いの鑑定士をご紹介しますよ。それよりも、この状況で騒ぐと恥をかくのはあなた方かもしれません。……ガラスを買わされたと、周りに知られてしまいますよ？」

『ガラスを買わされた』

その言葉に、義母がヒュッと息を呑む。

それから青ざめたまま、乱暴にアリエルの腕を引っ張った。

「きょ、今日は体調が悪いわ！　アリエル、帰るわよ！」

「えっ？　でも、お母様、まだ舞踏会は始まったばかりで……！」

戸惑うふたりを、ジネットははらはらした目で見つめる。

今まで、変な輩はすべて父とジネットのふたりが防波堤となっていた。

けれど家を離れた途端、詐欺商人バルテレミーに嗅ぎつかれてしまうとは。

（ああ、お義母様は大丈夫かしら……！　それに豪遊はともかく、偽物を買わされたなんて知ったら、お父様がきっと悲しむわ！）

ルセル家は社交界の常識から何かとはずれがちな成金貴族。

だが、だからこその美徳も持っている。

『金は惜しまず使え、その代わり偽物だけは買うべからず』

家訓でもある父の言葉を思い出しながら、ジネットは家令のギルバートに注意喚起の手紙を送ろうと強く誓ったのだった。

「お嬢様、追加で手紙がたくさん来ましたよ！　ルセル家にもお嬢様宛の手紙がたくさん来て、ギルバートが転送してくれました！」

「ありがとうサラ。全部、そっちにある未読の山に置いてもらえる？」

◆

——グランベロー城の舞踏会が明けてから一夜。

ジネットの元には、オーロンド絹布に関する問い合わせの手紙が殺到していた。

送り主は、自分用に買いたいという令嬢から、贈り物にしたいという紳士まで老若男女問わず。

そんな山盛りの手紙を、ジネットは部屋でクラウスとともに一通ずつ開けていた。

どうやらグランベロー城の夜会では、ジネットたちとの挨拶を終えた後も、パブロ公爵や夫人がずっとオーロンド絹布を話題にしてくれていたらしい。

そのおかげで、一夜にしてジネットとオーロンド絹布のことが広まったようだった。

「さすがパブロ公爵夫妻です……！　最近は舞踏会にもほとんど呼ばれていなかったので、お手紙をもらうのはいつ以来でしょう？　しかも、こんなにたくさんいただけるなんて」

クラウスとの婚約後、アリエルに悪口を言いふらされたのもあって、すっかり令嬢たちから仲間外れにされていた。そのため差出人の中には、久しぶりに名前を見る人も多い。

「この調子だと、今ある分はすぐに品切れになってしまいそうです。仕入れ量をどこまで増やせるか、交渉しにいかなくては……！」

ジネットがうんうんと頭を悩ませている横で、差出人を検分していたクラウスが言った。

「ドロテア嬢にカロリーヌ嬢にコレット嬢……他のご令嬢も皆、以前君の悪口を言っていた人ばかりだね。パブロ公爵に気に入られた途端にこの手のひらの返しよう。……見習いたいものだ」

その顔は笑顔だが、目は冷たく全然笑っていない。ヒュウ、とどこからともなくただよう冷気を感じて、ジネットは目を丸くした。

「クラウス様……よく覚えていらっしゃいますね⁉　私の悪口はもはや社交界の定番と化していたので、もはや誰が誰だか状態でした……！」

「覚えているよ。こう見えて僕は、ものすごく根に持つタイプなんだ。君の悪口を言った人たちは、一生忘れない」

にっこりと微笑んだ顔は怖いくらいに美しい。そう、怖いくらいに。

（ひょわっ！　最近、この微笑みをよく見ている気がします……！　クラウス様、お怒りに……⁉）

ジネットが恐れおののいていると、何事もなかったかのようにクラウスが穏やかな顔で言う。

「ジネット、彼女たちにもオーロンド絹布を売るのかい？」

「はい、もちろん！　お客様ですから！」

ジネットにとって大事なのは、商品を買ってくれるお客であるかどうかだけ。

悪口などもともと慣れ切っているため、気にするほどのことでもなかった。

だがクラウスは違ったらしい。にっこりと、また不穏な笑みを浮かべる。

「なら先ほどの令嬢を含めた、今から僕が言う名前には、二倍の値段で売ってくれるかい？」

「二倍……ですか？　その方たちだけ、そんなに値上げしてもよいのでしょうか……？」

「大丈夫だ。在庫が足りなくて希少性が上がったと言えば納得せざるを得ない。……それに、彼らも自分が何をしてきたか、ちゃんと自覚しているはずだよ」

「わかりました、クラウス様がそうおっしゃるならそういたします！　どのみち、今のままだと在庫が足りなくなるのは目に見えていますし……」

ジネットは急いで、クラウスの挙げた名前――すなわち自分の悪口を言っていた人たちのリストを作った。

普通ならそれだけで気落ちしてもおかしくないところだが、ジネットは全然平気だった。むしろ、生き生きとしていた。

「はっ！　今思えば……もしかして皆様、この日のために、わざと悪口を言って口実を作ってくださっていたのでしょうか⁉」

「いやそれはないと思う」

ジネットの斜め上の発想に、クラウスが冷静に突っ込む。そばではサラがくすくすと笑っていた。

それから一通り返事を書き終えると、ジネットたちはマセウス商会の本店を訪れた。

クラウスが構えた店は一等地のすぐそばで、立地としては申し分ない。

店の中、集められた従業員を前に、クラウスはジネットを紹介した。

「今日から、僕の婚約者であるジネットがマセウス商会の副会長になる。皆、彼女の言葉を僕の言葉だと思って聞いてほしい」

「皆様初めまして！　ジネット・ルセルと申します。若輩者ですが、精一杯頑張ります。どうぞよろしくお願いいいたします！」

緊張した面持ちで一歩踏み出したジネットを見て、おそろいのエプロンを付けた従業員たちがざわめいた。

（あれ……？　このエプロン、なんだか見覚えがあるような……。気のせいかしら）

じぃっと見つめていると、従業員たちが興奮したように声をかけてくる。

「婚約者のジネット様ということは、あのジネット・ルセル様ですよね⁉」

「超ロングセラー商品を連発している、あのルセル様でお間違いないですか⁉」

「そんな方がこの店にだなんて……！　光栄です‼」

キラキラと目を輝かせる従業員たちに、今度はジネットがぱちぱちと目をまばたかせる番だった。

（何やら、思いのほか歓迎されている……？　というか名前を知られている？）

不思議に思っていると、クラウスが説明してくれる。

「彼らは皆、君が手掛けたあの〝多機能エプロン〟のファンなんだ」

〝多機能エプロン〟

その言葉にジネットは「ああ」と納得がいった。

一番前にいる女性が進み出る。

「はい！　実はあのエプロンが好きすぎて、皆でエプロンを制服にしてもらえないかって、クラウス様にお願いしたんです！」

「まあ、よく似ていると思ったら、本当に私の手がけたエプロンだったのですね！　着てくださってありがとうございます！」

ジネットは嬉しくなって、女性の手をぎゅっと握った。

以前ジネットは、働く女性のために多機能エプロンを作っていたのだ。

エプロンにはスリとひったくり防止機能が付いている上に、財布から木づちまで何でも入るというポケットを山ほど搭載。その便利さは着る道具箱とも言われ、ターゲット層である働く女性のみならず、男性にも飛ぶように売れたのだ。

当時は〝ルセル家の令嬢ジネットが発明！〟を謳い文句にしていたから、きっと名前もそれで知ってくれたのだろう。

ジネットに手を握られた女性は、なおも頬を赤らめて言った。

「ずっとずっとジネット様のファンだったんです。一緒に働けて、本当に嬉しいです！」

「僕もです！　オーロンド絹布も、たくさん売りましょうね！」

「私たちが、全力でジネット様をお支えいたします！」

「まあ……！　嬉しい。皆様本当にありがとうございます！」

社交界では成金やら下品やら、とにかく悪口しか言われてこなかった。

そんなジネットにとって、彼らの言葉は思わず涙ぐんでしまうほど嬉しい。

「どうだい？　ジネット。ここの従業員たちは皆すばらしいだろう？」

感動するジネットを、クラウスが優しいまなざしで見つめている。

「はい！　皆様、本当になんてお優しいのでしょう……！　さすが、クラウス様が選んだ方たちですね！」

ジネットが心の底から褒めると、クラウスはふふっと笑った。

「実は、採用試験の時にちょっとした課題をつけてね。何、『ジネット・ルセル男爵令嬢について思うことを述べよ』という小論文を書いてもらったんだ」

「……え？」

（わ、私についての小論文……!?　一体どういうことでしょう!?）

突然話の成り行きが怪しくなってきた。

ジネットが戸惑う横では、クラウスがふふっと笑いながら頬を赤らめている。

「皆、採用されたくて君に対するおべっかを書き連ねていたけれど、心にもないことは文章を見ただけでわかる。……それに対して、彼らは**本物**だ。君のことはもちろん、君の手がけた商品のすばらしさもしっかり理解している。私も一緒に働いていて、本当に楽しいよ」

「ほ、ほんもの」

「もちろん〝ジネットを囲む会〟の会長は僕だけれどね」

「じねっとをかこむかい」

次々飛び出てくる不思議な単語を繰り返しながら、ジネットは目を白黒させた。

◆

「ねえお母様……。お姉様が売っているあのキラキラする布、私も欲しいわ。どうにか連絡をとって持ってきてもらえない？」

レイラたちが大恥をかいた舞踏会から、一か月。

その日、いつものように甘い声でねだる娘アリエルの声を聞きながら、レイラはイライラと爪を噛んでいた。

「やめてちょうだい！　あなたまであの子の話をしないでよ！」

「だって社交界でみんなが着ているのよ。綺麗だし、私だけ流行に乗り遅れたくないわ！」

――舞踏会の後、ジネットはすぐさまお礼にとパブロ公爵夫人にオーロンド絹布を使ったドレスを贈った。

夫人はそのドレスをいたく気に入って、連日サロンで色々な人に推薦していたのだという。

その結果〝パブロ公爵夫人お気に入りの品〟として、オーロンド絹布が社交界の流行の最先端に躍り出ることに。満を持してマセソン商会で売り出されるや否や、注文が殺到。

今はどんなにお金を出そうとも、オーロンド絹布の入手自体が困難となっていた。

「何よ。お母様のケチ。いつもみたいにお姉様に持ってきてって言えばいいだけじゃない！」

口を尖らせてすねる娘に、レイラははぁと大きくため息をついた。

（まったく！　どいつもこいつも口を開けばジネット、ジネットって……！　この家の主人は私なのよ！　だというのに、使用人はやめていく一方だし……一体どうなっているのよ！）

レイラたちの食事はあいかわらず料理人見習いが作っているし、使用人が次々とやめていくせいで、最近は屋敷の中が常にほこりっぽい。

何より腹が立つのは、やめた使用人たちが皆ジネットのいるギヴァルシュ伯爵家に引き取られていることだ。

（クラウスもクラウスよ！　今まで面倒を見てやった恩も忘れてジネットを選ぶなんて……！　見目が良いからこれからも引き立ててあげようと思っていたのに、なんて腹の立つ子なの！）

面倒を見たのはあくまでルセル男爵。

だがレイラの中では、その功績もレイラのものとなっていた。

（ジネットなんて、すぐに社交界から消えると思ったのに、消えるどころかパブロ公爵夫妻に取り入って返り咲くなんて……！　ああ、腹立たしい！　何か、ジネットをぎゃふんと言わせるような楽しいことはないのかしら⁉）

レイラがイライラしていると、窓の外を見ながらアリエルが声を上げた。

「あら？　お母様。今、門のところで追い返されようとしているのって、お母様のお気に入りの商人じゃなくて？　名前はバルテレミーだったかしら？」

「何がお気に入りよ！　あの男、わたくしたちに偽物の宝石なんか売って……！　おかげで大恥かいたのを忘れたの⁉」

宝石だと思って買ったものが全部ガラスだった事件は、思い出すだけで顔から火が出そうなほど恥ずかしい。

（どれだけ顔がよくても許すものですか‼）

レイラが憤っていると、アリエルが「あら？」と声を上げる。

「ねえ……もしかして彼が持っているのって、お姉様の売っている布じゃない⁉　キラキラして綺麗！　私、見せてほしいわ！」

「ちょっとアリエル、やめなさい！」

だがレイラが止める間もなく、アリエルがさっさと駆け出してしまう。

――数分後。レイラの前にはキラキラした布を抱えながら、ニコニコと微笑む若き詐欺商人バルテレミーがいた。

「奥様！　ふたたびお会いできて大変光栄です。わたくしの審美眼が足りなかったばかりに、奥様……いや、レイラ様に恥をかかせてしまったことを、とても申し訳なく思っていたのです！　ああ、それにしてもなんと美しい……！　わたくし、久々にレイラ様にお会いして確信いたしました。社交界ではパブロ公爵夫人が話題になっているようですが、私から言わせればレイラ様こそ、社交界の花であるべきです！」

並び立てられる美辞麗句を、レイラはイライラしつつもしっかり聞いていた。

（ふん。何よ詐欺師のくせに……。まあでも見る目だけはあるようね？　パブロ公爵夫人は元王族で公爵夫人だから騒がれているけど、生まれが違えば、私だってあの位置に立っていたはずなのよ）

とは言え、まだ偽物を売りつけたことを許してはいない。

ツンと横を向くレイラに、バルテレミーが猫なで声で話しかける。

「この間はわたくしの落ち度で高貴なレイラ様に大変ご迷惑をおかけいたしました。そのお詫びと言ってはなんですが、レイラ様にだけ、特別な話を持ってきたのですよ」

「そう言ってまた私を騙そうとしているんでしょう？　その手には乗らないわよ。さっさと帰ってちょうだい」

すげなく追い返そうとするレイラに、バルテレミーが意味ありげな笑みを浮かべる。

「聞いたところによると……レイラ様は継子であるジネット嬢に、思うところがおありのようですね？」

「っ……！　どこでそれを⁉　でもあなたには関係ないことだわ！」

「いいえ。関係あります。なぜなら私が持ってきたのは、彼女――ジネット嬢の名声を、一瞬で奪える布地なんですから」

『ジネットの名声を、一瞬で奪える布地』

その単語に、レイラがばっと商人を見た。

「……どういうことなの。説明してちょうだい」

「おおせのままに」

待っていましたとばかりに、バルテレミーが腕に抱えていた布地を広げてみせる。アリエルが、『ジネットの売っているキラキラした布』と言っていたものだ。

机の上にさらりと広がる布地は、まぎれもなく先日舞踏会で見た輝きを放っている。

「ご覧ください。これは社交界で話題のオーロンド絹布……によく似た布です。どうぞお手に取って見てください。素人目には、これはオーロンド絹布にしか見えないでしょう？」

「本当だわ。どう見てもお姉様の持っていた布そのものだけれど……違うの？」

横から口を出してきたアリエルが不思議そうに首をかしげると、バルテレミーは微笑んだ。

「ええ。非常に近いものではありますが、別物なのですよ。これは値が高いのでわたくしひとりではあまり仕入れられませんが、レイラ様が出資してくだされば話は別。そして供給が追い付いていない今、入荷すれば入荷した分だけ、飛ぶように売れるでしょう。もちろん、出資してくださった分の利益は、レイラ様にも還元いたします」

「つまり、どういうことなの？」

レイラは普通の伯爵令嬢として生きてきたため、お金のことにはあまり詳しくない。

バルテレミーは表情を崩さずに、レイラにもわかるよう優しく噛み砕いて説明した。

「レイラ様がお金を出し、私がそれを売る。そして出た利益を山分けすることで、ふたりとも儲かり、さらにジネット様の市場を奪うこともできるということです。……きっと、ジネット様は悔しがりますよ」

ジネットが悔しがる。その言葉に、またレイラの肩がぴくりと揺れた。

（市場を奪えば、ジネットが悔しがる……!?　魅力的な提案じゃない……！　でも）

レイラは警戒したように目を細める。

「でもねえ……。先にお金を渡したら、あなたは逃げるかもしれないじゃない。そんな口車にやすやすと乗るほど、わたくしは愚かではなくてよ」

「おお、おお、もちろんそうは思っていませんとも。レイラ様がそうおっしゃると思って、いくつか段階をご準備させていただきました。安心できるよう最初は少額でお取引し、信頼を勝ち取るまでは大きな取引はしないというのはいかがでしょう？」

「ふ、ふうん……？」

（ずっと少額なら……最悪お金だけ持って飛ばれても、大した損失にはならないわよね？　それに、商品もバルテレミーには渡さず、直接この家に運んでもらえれば持ち逃げのしようがないわ。その上でジネットに嫌がらせできるのなら……）

レイラは頭の中でじっくりと考えた。

それから真っ赤な唇をにぃっとつり上げると、女王のように威厳たっぷりの仕草で手をバルテレミーに差し出す。

「乗ったわ、その話」

◆

「ジネット様！　今日の店頭分も残りわずかです！」

「なら、明日の分も出してしまいましょう！　追加分がそろそろ届くはずです！」

王都にあるマセソン商会で、ジネットは〝ジネットを囲む会〟――もとい、従業員たちとともに忙しく動き回っていた。

オーロンド絹布はパブロ公爵夫妻があちこちで話題にしてくれたおかげで、販売初日から売り切れに次ぐ売り切れ。

発売から一か月以上が経った今でも、入荷後即完売という状態が続いていた。

（クリスティーヌ様にドレスを贈った時点で、ヤフルスカのオーロンド絹布販売市場をすべて押さえたのに、それでもまだ足りないなんて……！　想定以上の勢いだわ！）

従業員たちに交じってジネット自身もせっせと接客をしていると、従業員用の入り口ではなく、お店の入り口から何か包みを抱えたクラウスが入ってくる。

彼はコートも脱がずにジネットのもとにやってくると、切羽詰まった様子で言った。

「ジネット、大変だ」

「どうされたのですか？」

「オーロンド絹布の偽物が出回っている」

その言葉にジネットははっと息を呑んだ。

続いてクラウスが差し出したのは、オーロンド絹布そっくりの布地が入った包み。

従業員に交じって働いていたサラが、異変に気付いて駆け寄ってくる。

「クラウス様、これは一体……⁉」

「どうやら、数日前から出回っているらしい。その上、うちよりも安価なため、かなりの人がこちらに流れているようだ」

それを聞いたジネットが、思い出したようにあっと声を上げた。

「なるほど。それで先日、アイヤゴン服飾店とバリエ服飾店が、取引停止を申し出て来たのですね！」

「なんだって？」

クラウスの眉がぴくりと震える。

実はオーロンド絹布は少し変わった売り方をしており、こうして店頭で売りに出す以外に、服飾店などの店にも卸しているのだ。

アイヤゴン服飾店とバリエ服飾店もその取引先だったのだが、先日急にやめたいと連絡してきていた。

「てっきり入荷が遅いのにしびれを切らしたのかと思ったのですが……新しい仕入れ先を見つけていたのなら、仕方ありませんね」

あっけらかんと言うジネットに、クラウスが眉をひそめる。

「仕方ありませんって……いいのかいジネット。取引先をふたつも失ったのに」

「大丈夫です、この世界ではよくあることですから。……それよりも気になるのは、どこでこれを手に入れたのでしょう？　ヤフルスカの正規流通ルートはすべて私が押さえたはずですが……」

言いながらジネットが、クラウスの持っている偽オーロンド絹布をつまむ。

そのまましばらくじっくり眺めてから……ジネットはにっこりと微笑んだ。

「……ああ、なるほど。でしたら大丈夫です。この布地なら、心配せずともすぐお客様は戻ってきますね」

意味ありげな言い方に、クラウスが目を細める。

彼の目には、この絹布の手触りといい輝きといい、どう見てもオーロンド絹布にしか見えなかったのだ。言われなければ、きっと偽物だとは見抜けなかっただろう。

「それは一体……？　……ああいや、今聞くのはよそう。ここで説明してもらわなくても、数日後には理由がわかるということなんだね？」

察しのいいクラウスに、ジネットはにこりと微笑んだ。

「はい！　早ければ三週間……いいえ、もしかしたら二週間でわかるかもしれません。それより、健康に害はないはずですが、買われた皆様はきっとびっくりしてしまわれるでしょうね……」

「ならば、注意喚起しなければいけないね。偽物にお気を付けくださいと」

「はい！　お店の前に看板と、あとお客様方にもなるべくお知らせしなくては……！」

言いながら、ジネットがてきぱきと従業員たちに指示を出した。こういう時のジネットは、本当に行動が早いのだ。

「せっかくですから、今回浮いた分の布地は、お世話になっているお店に卸してしまいましょう。どこも最低限の数しかお渡しできなかったので、きっと皆様喜ぶと思います！　偽物の注意喚起も兼ねて、私が先方に直接持って行きますね」

「なら、僕も一緒に行こう。得意先回りデートだ。……いや、これをデートと呼んだら色気に欠けるか……？」

ううむと悩み始めるクラウスとは反対に、ジネットは口を押さえて喜びに目を輝かせた。

（と、得意先を回りながらデートもこなす……!?　なんて効率的でワクワクするのでしょう！）

ジネットにとって、おいしいスイーツも綺麗な宝石もすべて市場調査の対象だ。

もちろんそういう普通のデートも楽しいが、一緒に取引先を回るデートなんて、社交界のどこを探してもクラウスぐらいしか付き合ってくれる人はいないだろう。

（ああ、さすがクラウス様……！　私の好みを熟知してくれているとは、なんてお優しいのかしら！）

「ぜひ、お得意様を回りましょう！」

ジネットは満面の笑みで答えた。そこに、クラウスが思い出したように付け加える。

「ああ、そうだ。得意先のついでに、以前舞踏会で話していたパキラの友人にも会ってもらえないだろうか？　どうも彼が、僕の婚約者に会わせろとしつこくてね……会わせるまで引き下がらないと言っているんだ」

「もちろんですよ！　……でも、大丈夫なのでしょうか……？　そのう、私を見たらお相手ががっかりするのでは……!?」

ジネットは、今までも散々「こんなのがクラウス様の婚約者？」と笑われてきたのだ。

自分が笑われる分には慣れっこだが、クラウスの友人をがっかりさせたくなかった。

「大丈夫だよ、ジネット。君のすばらしさは僕が保証する」

慈愛に満ちた優しい笑みを向けられて、ジネットの頬が赤くなる。

「それに、君の良さがわからないのなら、そこまでの人物ということさ」

言って、クラウスはにっこり笑った。

◆

「まあ、偽物の絹布が出回っているのですか？」

王都にあるパブロ公爵のタウンハウスで、話を聞いたクリスティーヌ夫人が眉をひそめた。

「はい。一見すると本当にそっくりで、専門の知識を持った人でなければなかなか見分けるのは難しいかもしれません」

うなずくジネットに、クラウスも続く。

「偽物はひと月も経たないうちに露呈するはずですが、それまで、うっかり偽物を買ってしまわないようお気を付けください」

「わかったわ。今度、サロンでも共有しておくわね」

「ありがとうございます！　きっと皆様も助かります」

夫人の言葉に、ジネットはほっとしたように微笑んだ。

それからいそいそと、紋章の入った小さな三角旗を取り出す。

「正規品を卸した店にのみ、このマセウス商会の紋章入りの旗を渡しています。そのため、オーロンド絹布製品をお求めの際は、この旗が飾ってあるかどうかを判断の材料にしてください」

「この旗ね？　わかったわ。皆様に見せたいから、お借りしてもよろしくて？」

「もちろんです！」

ジネットから受け取った三角旗をしげしげと見ながら、夫人は感心したように言った。

「それにしても、あなたは本当に有能ね。こんな綺麗な布を入手して売るのもすごいし、偽物も見分けてしまうし、対策までばっちりだなんて」

「小さい頃から、父にくっついて商売をしていましたので……！」

「あなたの噂（うわさ）は時々聞いたことがあったけれど、どれもひどいものばかり。でも実際に会ってみたら、芯の通った素敵なご令嬢で本当に驚いたわ。しかも賢くて有能。まさかあなたがこんな才能を隠していたなんて」

ふふっと笑う夫人に、ジネットが顔を赤らめる。

「か、隠していたわけではないのです。むしろ、私が商売のことを話せば話すほど、皆様変な顔をされるので……」

その言葉に、クリスティーヌ夫人が眉をひそめる。

「出たわね、貴族女性が働くのは卑しいという風習！」

横で聞いていたクラウスがにこやかな顔で言った。

「皆、貧乏を経験したことがないからそんな悠長なことが言えるのですよ」

（クラウス様が言うと、謎の重みがあるわ……！）

彼の顔が穏やかであればあるほど、発言が重く感じられる。

実際、目の奥は全然笑っていなかった。

「わたくしは王女として育ったからか、時々貴族たちの価値観が理解できない時があるのよね。主人だって、これでもずいぶん頭がやわらかくなった方なのよ？　結婚当初なんて本当にカチンコチンで、あの人の頭で釘が打てるくらいだったんだから」

夫人の物言いに、ジネットとクラウスは思わず笑った。

前回といい今回といい、クリスティーヌ夫人はとても気さくな人だった。ジネット相手であっても優しく、そして飾らずに接してくれる。そういうところもまた、彼女が社交界で慕われる理由なのだろう。

夫人が優しく微笑みながら言う。

「ね、ジネット様。今度ぜひわたくしのサロンにいらしてくださらない？　もっとあなたのお話を聞かせてほしいわ」

ジネットはハッと息を呑んだ。

クリスティーヌ夫人が主催するサロンは、社交界でも名だたる人たちが集まると評判。若い令嬢なら、一度は招待されることを夢見る憧れの場所だった。

「私が行ってもよいのでしょうか……!?」

恐れ多さにおののくジネットに、夫人はにこりと微笑んだ。

「もちろんよ。……みんな表立って言えないけれど、実は商売に興味津々な奥方は結構多いの。それに、あなたが次はどんな品を売ろうとしているのかも密かに注目されているのよ？　みんな、流行には絶対乗り遅れたくないから」

その言葉に、ジネットは満面の笑みで答えた。

「わかりました！　ではご招待いただいた時には、次の新商品もお持ちしますね！」

「ええ。ぜひこれからもよろしくね、ジネット様」

言って、クリスティーヌ夫人は手を差し出した。

「はい！　こちらこそ、どうぞよろしくお願いします。クリスティーヌ様」

ジネットはにっこりとその手を握った。

◆

やがて冬を目前に控えた、冷たい風の吹く秋の終わり。

書斎でジネットと並び立ったクラウスが、マセウス商会の帳簿を見ながら感心したように言った。

「改めて見ると本当にすごいな……。まさかこの一か月だけで、マセウス商会一年分の売り上げを叩き出すとは」

「私も驚いています。やはり貴族階級の皆様は、お金持ちでいらっしゃいますね……！」

ジネットは今まで、一般庶民向けの品しか取り扱ってこなかった。

それは社交界に興味がなかったからなのだが、まさか取引相手を貴族に変えただけでここまで売り上げが変わるとは。

「それもこれも、すべてクリスティーヌ様のおかげですね！　今度、お礼の品をお贈りしなければ！」

（贈るなら、やはりご夫妻で使えるおそろいのものがいいかしら？）

ジネットが一生懸命贈り物を考えていると、クラウスがふっと笑った。

それから愛おしそうに、ふわりとジネットの肩を抱き寄せ囁く。

「もちろんクリスティーヌ夫人の力は大きいが、それも元はと言えばすべて君の努力だよ、ジネット。夫人の心を動かしたのは君だし、パブロ公爵の窮地を救ったのも君だ」

（わわわ！　みっ、耳に吐息が！　婚約者とは言え距離が近いですクラウス様！　これが以前おっしゃっていた全力とかいう……⁉）

急に抱き寄せられ、心臓をドキドキさせながらジネットは答えた。

「そ、それを言うなら、そもそもクラウス様がパブロ公爵に気に入られて邸宅に呼ばれなければ、機会を得ることもありませんでした！　だから、クラウス様のおかげでもあります……！」

「なら、今回の大成功は、私たちふたりの功績ということだね」

（私とクラウス様のふたり……？　つまり、初めての共同作業ということですか⁉）

聞くところによると、巷(ちまた)では最近、結婚式に大きなケーキを登場させて新郎新婦で切り分ける、〝初めての共同作業〟なるものが流行っているらしい。

ジネットはドキドキしながらも、頭の片隅でそのことを思い出していた。

（そういえば、我が国のウェディングケーキと言えばツリー型の飾り菓子だけれど、西の大国では生クリームのケーキを何段も重ねた華やかなものがあるとも聞いたわ。その技術を輸入してマセウス商会で売り出したら、きっと皆様喜ぶのでは……⁉　やるなら、まずはどなたかを勉強に送り出して、それから……）

「……ネット。ジネット、聞いているかい？」

夢中になって考えていると、自分を呼ぶ声が聞こえた。

はっとして見ると、クラウスがくすくすと笑っている。

「はっ！　す、すみません、私ったら！　つい考え事を！」

「ふふ、君のことだからきっと、新しい商売のことでも考えていたんじゃないかな？」

（ば、ばれている……！）

ジネットが顔を赤くしていると、コンコンと部屋の扉がノックされる。

それからサラが顔を覗かせたのだが……その顔が、何やら険しい。

「どうしたの？　サラ」

「それが、お嬢様……。レイラ様とアリエル様が見えているようなのですが、いかがいたしますか？　追い返しましょうか？」

「まあ、お義母様たちが？」

さらりと「追い返す」という言葉を使っているあたり、あいかわらずサラは義母たちのことが嫌いのようだ。

（それにしてもわざわざギヴァルシュ伯爵家までいらっしゃるなんて、一体どうしたのかしら？）

ふたりがやってくる理由が思い浮かばなくて、ジネットは首をかしげた。

見れば、クラウスが警戒した表情になっている。

「ジネット、会いたくないのなら無理はしなくていい。サラの言う通り、追い払ってもらおう」

「いえ、私は全然大丈夫です！　……でも、どうされたのでしょう？」

（ふたりが私に会いに来る理由……もしかしてオーロンド絹布を手配してほしいのでしょうか？）

などと思いながら客間に向かうと、部屋の中には怒り心頭の義母と、しょぼくれた顔のアリエルが座っていた。

「お義母様もアリエルも、一体どうされたのですか？」

「どうしたじゃないのよ！　一体これは何なの⁉」

言いながら義母が机に乱暴に投げたのは、オーロンド絹布――の偽物だった。

その布は、見るも無残なほどあちこちに穴が開いて、ボロボロのぐずぐずになっている。

とてもじゃないが、ドレスどころかスカーフですら仕立てるのは無理だろう。

そんな偽布を見てジネットがあっと声を上げる。

「そういえば、偽オーロンド絹布が世に出回ってから、もう二週間経ったのでしたね！」

「驚いた。君の言う通りとは言え、偽物だとわずか二週間でこうなってしまうのか……」

ボロボロの偽布を手に取って観察しながら、クラウスが驚いたように言った。

ジネットがうなずく。

「はい。実はオーロンド絹布と偽物は、元はほとんど同じものなんです。ただ大きな違いがひとつだけあって……それは防虫加工がされているか、されていないかなんです」

「防虫加工……ですって？」

何それ？　と眉をひそめる義母に、ジネットは丁寧に説明した。

「オーロンド絹布の元となっている絹糸は、特別なオーロンド蚕と呼ばれる蚕だけが紡ぎだせるもの。ただ、この糸が実は他の虫たちの大好物で……。そのため正規のオーロンド絹布は、三日三晩使って、特別な防虫加工を施す必要があるんです。……サラ、正規品を持ってきてくれる？」

ジネットが声をかけると、待っていましたとばかりにサラが本物のオーロンド絹布を差し出した。

ジネットは受け取りながら、今度はそれを義母たちの前に差し出す。

「ほら、見比べてみてください。正規品の方が、表面にもう少しだけ艶があるでしょう？」

差し出された布地を、義母とアリエルが食い入るように見つめた。

それからふたりが小声でぽつりと呟く。

「……わ、わからないわ」

「言われてみれば、少しだけツヤツヤしているような……気がしなくもないような」

「この艶が、防虫加工の証なんですよ」

この加工は時間がかかる上に繊細な職人芸も必要とするため、施すか施さないかで金額が大きく変わる。そしてその加工を怠ったのが、偽オーロンド絹布というわけだった。

「なるほど……だから君は『放っておいても大丈夫』と言ったんだね。偽物たちの方は、すぐに虫食い被害に遭うから」

クラウスの言葉にジネットはうなずいた。

それから、はたと気付いたように義母たちを見る。

「そういえば、お義母様たちはどこでこれを手に入れたのでしょう？　社交界の方々には偽物にお気を付けくださいと、大体知らせたはずなのですが……」

その言葉に、義母はぎくりと肩をこわばらせた。

「ど、どこでだっていいじゃない！　それよりこれ、元に戻せないの⁉」

「と、言われましても……」

虫に食べられてしまった布地を元に戻すなんて、魔法でも使えない限り無理だ。

それに、本物ならばまだやる気も出るが、ジネットは父と同様、偽物にはまったくときめかない性質だった。

「ぐぬぬ……！　もういいわよ！　あなたってあいかわらず、本当に役立たずなんだから！」

「お役に立てなくて心苦しいですが、正規品をご入り用の時はぜひ声をかけてください！」

義母の捨て台詞（ぜりふ）にもまったく動揺することなく、ジネットはにこりと微笑み返した。

「アリエル！　もう行くわよ！」

怒り心頭でずんずんと歩き出した義母に、アリエルがあわてて立ち上がる。そしてそのままついていくかと思いきや……アリエルは義母の目を盗んで、そっとジネットに耳打ちした。

「ね、ねえ、お姉様。正規品を融通してくれるって本当？」

「ええ、もちろん。ただ、マセウス商会の商品だから、今回はきちんとお代をいただくことなるけれど……」

「それをどうにかまけてくれない？　お願い！　それ（偽布）のせいで、全然お金がないの！」

言いながら、切羽詰まった様子のアリエルがジネットにすがりついてくる。

ジネットは目を丸くした。

「え？　お金がないってどういうこと？　それに、偽布のせいって……」

だがジネットが深く尋ねる前に、義母が怒鳴った。

「アリエル！　何をしているの！　さっさと行くわよ！」

「はっはい！　お母様！」

あわてて走って行くアリエルの後ろ姿を見ながら、ジネットがぱちぱちと目をまばたかせる。

（お金がない……？　一体お義母様たちに、何が起きたのでしょう……？）

「もうお金がないって、どういうことなの⁉」

家令ギルバートの部屋に、レイラの怒声が響き渡る。

それから淑女とは思えない乱暴な仕草で、レイラは机にバンッと手をついた。

「お言葉ですが、奥様」

一方のギルバートは、突然怒鳴り込んできたレイラをものともせず、淡々と返した。

「お金がないというのはそのままの意味です。以前より旦那様から与えられていた〝奥様用のお金〟が底を尽きましたため、しばらく浪費はご遠慮願えればと思います。先日の事件があったばかりですし」

言いながら、ギルバートがじろりとレイラに睨みを利かせる。普段飄々としている彼が怒りを見せるのは珍しく、レイラはびくりと肩をすくめた。

「あ……あれはしょうがないじゃない！　私だってまさかあんな形で騙されるとは……！」

「騙される？　いいえ、奥様は騙されたのではありません。偽物と知っていながらそれに乗ったのです。しかも、お嬢様の邪魔になることを知った上で。違いますか？」

「うっ……！」

厳しい追及に、レイラは唇を噛んだ。

――先日、詐欺商人バルテレミーの口車に乗ったレイラは、まず小口の取引として少量の偽オーロンド絹布を買っていた。

それが瞬時に売り切れ、売上金が入ってくると、今度は前回よりも多くの絹布を買う。そしてそれもまた売り切れると、さらに大量の絹布を買う。

そうして何度か成功を積み重ねた後、レイラはにやりと口の端をつり上げて笑った。

（ふふん。小さな成功で油断させてから、大口購入をさせて一気に持ち逃げするつもりだったんでしょうけれど、考えが甘かったわね、バルテレミー）

この取引を始めるにあたって、もちろん、レイラが詐欺を警戒しなかったわけではない。

大金を渡すと逃げられる可能性があったため、代金は必ず少額少額に分けて、現物と引き換えでなければ渡さないようにした。

その上、商品を持ち逃げされないよう、偽布はぬかりなくルセル家に置いていた。

ギルバートや使用人たちは苦い顔をしていたが、夫であるルセル男爵がいなくなった今、レイラに文句を言える者は誰もいない。

「なぁんだ、商売って簡単じゃない。この調子なら、ジネットの市場なんてすぐに潰せてしまえるんじゃゃなくて？」

日々新しく入ってくる金貨を見ながら、レイラは高笑いした。

（このままオーロンド絹布の人気に便乗して、偽布を売って売って売りまくってやるわよ！　そしてジネットが悔しがる顔を見てやるんだから！）

――だが、そんな彼女の野望は、一晩ですべて虫に食われることとなる。

「奥様、大変です！　保管室にあるオーロンド絹布が……！」

「一体何よ……。え？　何これ……⁉」

使用人のあわてた声に呼び出されてみれば、なんとレイラがため込んでいたオーロンド絹布が、一夜にして穴だらけになっていたのだ。

「きゃあああ！　何よこれ！　私の布が……どうなっているのよ‼」

使用人たちがバタバタと虫の除去に追われるそばで、レイラはイライラしながらバルテレミーの到着を待つ。

だが、いつもなら朝一番に飛んでくる美貌の詐欺商人は、その日に限ってはいつまで経ってもやってこない。

その上、宿泊しているという場所に使いをやっても、部屋の中は既にもぬけの殻。

――実は昨夜のうちに、布に穴が開き始めたことに気付いたバルテレミーは、さっさと荷物をまとめて夜逃げしていたのだ。

もちろん、レイラからもらったお金と、まだ渡していなかった売上金を持って。

（やられたわ！　あの詐欺師め‼）

思い出して悔しさに爪を噛むレイラに、ギルバートがやれやれと頭を振った。

「まったく。わたくしどもは散々お止めしましたのに。それに虫を駆除するだけで、一体どれだけの労力と費用がかかったことか」

「だからって意地悪するのはよしてちょうだい！　あなたも知っているでしょう？　あの詐欺師に、今までの売り上げも渡して、追加分も購入していたのよ。お金はもうほとんど残っていないの！このままじゃ社交界に出るドレスが買えなくなってしまうわ！」

「なら買わなければよろしい。もしくはあなた方の宝石を売るか。どのみち、旦那様に託された奥様用のお金は底を尽きましたので、諦めてくださいませ」

すげなく返されて、レイラは歯ぎしりした。

「なっ……！　わたくしにそんな口を利いていいと思っているの⁉　この家の主人は私よ⁉　あなたのことだって、今すぐクビにできるんだから！」

「残念ながら、あなたにそんな権限はありませんよ。だって、この家の主人はまだ旦那様なのですから」

「な、何を……あの人がまさか生きているとでも⁉　もう行方不明になって二か月以上経つのに！」

動揺するレイラに、家令は淡々と答える。

「簡単なことですよ。失踪による死亡が認められるのは、失踪から一年が経ってから。……つまり書類上では、まだ旦那様がこの家の当主なのです」

しれっと言われた言葉に、レイラは金魚のように口をパクパクさせた。

「なっ……！　なっ……！　そ、そんなに時間がかかっていたら、残された家族が困るじゃないの！」

「おや。珍しく奥様がまともなことを言っていらっしゃいますね？　それに関してはわたくしも同意ですが、法律は法律ですので」

「珍しくまともって何!?　なんて口の利き方なの！」

来た時からこの男はずっといけすかないとは思っていたが、最近は特に容赦がない。

レイラはイライラと爪を噛んだ。

本当は今すぐギルバートをクビにしてやりたかったが、この男しか知らないことも多く、残念ながらそれはできない。

(でも……私が大人しくなるなんて思ったら大間違いよ！)

「ふん。いいわ！　お金がないなら、自分で作ればいいいんだもの！」

不敵に微笑むと、レイラは服の中に忍ばせてあった一枚の書類をスッと取り出した。

「それは……？」

いぶかしげに目を細めるギルバートの前で、レイラは自慢げにぴらぴらと紙を揺らす。

「ふふ……これはね、ルセル商会の権利書よ」

「なっ!?　どこでそれを!?」

この国で商売をしたい場合、必ず国から商売の権利書を取得しなければならない。

もし権利書なしに商売をすれば、それはすべて違法となるのだ。

つまりこの権利書こそ――ルセル商会の心臓とも言えるものだった。

「よりによって一番大事なその書類を、なぜ奥様が!?　それは金庫に保管されていたはず……！」

動揺を見せるギルバートに、レイラはふふんと鼻で笑った。

「あの人がしこたま酔った時に、保管場所を教えてくれたのよ。もちろん、鍵の在りかもね」

その言葉に、ギルバートはくっとうめき、額を押さえる。

「旦那様……！　酒は呑んでも呑まれるなと、あれほど注意いたしましたのに……！」

「わたくし、知っているのよ。これを売り飛ばされたら商会は実質他の人の手に渡ってしまうんでしょう？　それが嫌なら、さっさと金庫を開けなさい！」

レイラは権利書を手にギルバートに迫った。

だが予想とは裏腹に、彼は負けなかった。

「……それはできません」

「なんですって？　商会を売り払ってしまってもいいの⁉」

「それが旦那様との約束ですので」

「何よ約束って！」

しかしこの後、レイラが何度権利書を盾に脅してみても、ギルバートは「約束ですので」と繰り返すばかり。

「何なのこの偏屈な家令は……！　いいわ、そんなに約束が大事なら、商会は捨て値で売り飛ばしてやる！　大事な商会を失ってから泣いたって、もう遅いのよ！」

レイラはギルバートに指をつきつけると、肩を怒らせてのしのしと部屋を出て行った。

（今に見てなさい！　商会は何よりもジネットがこだわって来たもの。それが他人の手に渡ったと知ったら……あの子、きっと悲しむでしょうね！）

いつも憎たらしいほど、飄々（ひょうひょう）としているジネット。その顔が絶望に歪（ゆが）むのを想像して、レイラはまたひとり高笑いした。

◆

「へくちゅんっ！」

書斎で帳簿を書いていたジネットが、あわてて手で口を押さえる。

（危ない危ない……！　危うく帳簿に、鼻水をつけてしまうところだったわ）

念のため汚れていないか確かめていると、隣の机で書き物をしていたはずのクラウスがショールを持ってすっ飛んできた。

「大丈夫かい？　ここのところ急に寒くなったからね。風邪を引かないよう、部屋をあたたかくしないと。少し早いが、暖炉に薪（まき）を入れてもらおう」

言うなり、クラウスが使用人たちにてきぱきと指示を出し始める。

ジネットはあわてた。

「いっいえ！　大丈夫です。きっと誰かが噂話（うわさばなし）をしているんだと思います。……それより、あの、クラウス様？」

「なんだい？」

名前を呼んだだけで、これでもかというくらいキラキラ輝く甘い笑みを返されて、ジネットの声は小さくなった。

「あのう……ずっとお聞きしたかったのですが……。なぜ私の書斎に、クラウス様の仕事用机が運び込まれているのでしょう……？」

ここはジネットの書斎で、クラウスの書斎は当然別にある。

それにジネットの記憶によれば、彼は以前、『僕の書斎に君の机を入れてもよかったんだけれど……そうすると、ずっと君を眺めてしまって仕事にならなそうだから、泣く泣く諦めたんだ』と言っていたはずだが……。

ジネットの問いに、クラウスが涼しい顔で答えた。

「最近、君はマセソン商会に出かけていることも多いだろう？　そのことに不満はないけれど、せめて家の中にいる間は一緒にいる時間を増やしたくてね」

「そうなのですね……？　私がクラウス様の邪魔にならなければよいのですが……」

「邪魔だなんてとんでもない！　一生懸命頑張っている君の姿は、それだけで日々の癒やしだよ」

にこにこと言うクラウスに、ジネットはぱちぱちと目をまばたかせた。

（癒やし……？　私が癒やしだなんて、もしやクラウス様には、私のことが犬や猫のように見えているのでは……!?）

そんなジネットに、クラウスがふっと笑みを浮かべる。

「……それより、君の方はどうだい？　何か、心境の変化はあったかい？」

「心境の変化……と言いますと？」

ジネットがきょとんとしていると、クラウスが一歩近づいて来た。

それから、長くて美しい指が、ツ……とジネットの顎にかけられる。絵画に出てくる天使のように美しい顔が近づいてきて、ジネットは顔が赤くなった。

「く、クラウス様？　どうされましたか？」

そのまま至近距離でジネットを見つめながら、クラウスが目を細める。

「うーん。一応僕のことは男だと認識してくれているようだけれど……」

「？　クラウス様はもちろん、男性でいらっしゃいますよ？」

「……僕が欲しいのはね、そこからもう少し先に行ったところにあるんだ」

「もう少し先……？」

（というと……？）

ジネットが考えていると、不意にクラウスの顔が近くなった。

それから、頬にちゅっとやわらかな唇が触れる。――頬に、キスされたのだ。

「くくくくクラウス様⁉　私たちはまだ結婚前です！」

顔を真っ赤にしたジネットがのけぞると、クラウスはくすくすと笑った。

「頬に口づけぐらいなら、婚約者でも大丈夫だよ。……君に全然変化がなくて寂しいとも思ったが、この反応を見れたのなら今日は満足だ。続きはまた今度にしようか」

「続き……があるのですね⁉」

（そ、そうよね。結婚したら普通、これよりもっとすごいことをするものね……!?）

想像して、ジネットの顔がぼんっと赤くなる。

そんなジネットを見ながら、クラウスがくすくすと笑っていた。

「か、からかうのはほどほどにしてください……！」

「やめてと言うのではなく、ほどほどにと言うあたりが実に君らしいよ」

「そうでしょうか……」

答えながら、ジネットは考えていた。

（きっと結婚したら、頬にキスどころではない、あんなことやこんなこともするのよね……!?）

それは想像しただけで、顔から火が出そうなほど恥ずかしい。……けれど。

（相手がクラウス様なのであれば……それは恥ずかしいけれど、全然、嫌ではない、気がするの……）

ほかの男性相手では想像もできない、いや、想像すらしたくない行為だが、クラウスとのそれは決して嫌ではないということに、ジネットは気付いていた。

そこへ、クラウスの声がかかる。

「さ、今日は君の父君（ちちぎみ）に関する、定期報告の日だ。そろそろ担当者が来るはずだけれど……君も同席するかい？」

父の捜索に関する定期報告。

その言葉にジネットははっとして、あわてて気を引き締めた。

「はい！　ぜひ！」

◆

出迎えた調査員は、落ち着いた風貌の男性だった。

彼が鞄から取り出した調査書を、うやうやしく机に載せる。

「ルセル卿の行方は依然として摑めていません。けれど周囲を探してもやはり人骨らしきものはなく、また事故現場から少し行ったそばには川がありました。そのため、現在はそちらで何か手掛かりがないか探している状況です」

「そうか、ありがとう。これからも引き続きよろしく頼む」

報告を終えた男性が立ち去ると、クラウスはソファに座るジネットの手をぎゅっと握った。

「……ジネット、大丈夫かい？　次から報告は僕ひとりで聞こうか？」

そう聞かれて初めて、ジネットは自分の顔がこわばっているのに気付いた。

「いっいえ！　大丈夫です！　私は、お父様の無事を信じていますから！」

（人骨という単語を聞いてどきどきしてしまったけれど……大丈夫よ。お父様はお酒と女の人には弱いけれど、悪運だけは強いっていつも豪語していらっしゃったもの！　私が信じないでどうするの！）

よし！　と拳を握って自分を奮い立たせていると、クラウスの長い腕が伸びてくる。――それから。

「わわ……!?」

気付けば、ジネットはクラウスに抱きしめられていた。

あたたかい体温と、彼のくゆるような甘い香水の匂いに包み込まれ、一瞬頭が真っ白になる。

「クラウス様……!?」

「すまない、ジネット。君も不安だろう。一日でも早くルセル卿を見つけられればよいのだが」

「い、いいえ！　働かせてもらっている上に、調査もしていただけているので十分です！　それに、お父様はきっと生きておられますから！　もしかしたら今頃、新天地で商売を始めているのかも……」

（あ、自分で言ってて本当にそんな気がしてきたわ……！）

父はジネットに成金教育を施した張本人だ。

仮に逆境の中にいたとしても、父ならきっとそれすらひっくるめて楽しんでいるはず。

クラウスも同じことを想像したのだろう。彼はくすくすと笑いながら言った。

「そうだね。ルセル卿ならそれくらいのことを軽々とやってみせそうだ。……それでも、もし不安になったらいつでも呼んでくれ」

言いながら、クラウスがさらりとジネットの前髪をかき分ける。

「君がひとりでも生きていける女性だと知っている。……それでも、僕は君の涙を拭ける、ただひとりの男になりたいんだ」

至近距離から熱いまなざしで見つめられ、ジネットは危うく心臓が爆発するところだった。

（さ、最近ずっとだったけれど、今日のクラウス様は特にすごい！　ドキドキしすぎて言葉が出ないなんて初めてだわ……！　えっと、えっと、何か、返事をしなくちゃ……！）

　ぐるぐると頭の中で言葉を考えていると、ドアをノックする音がしてトレイを持ったサラが顔を覗かせた。

「お嬢様――あらっ！　これは大変失礼いたしました！　私としたことがお邪魔をしてしまいましたね!?」

　その声に、ジネットはあわててクラウスから離れた。

「だだだ大丈夫よ！」

「お嬢様、声と顔が全然大丈夫じゃないです！　本当に、私としたことがお邪魔してしまって……！くっ、ここは死んでお詫びを！」

「わー!!　待って！　サラ待って!!」

　過激な謝罪方法に出ようとするサラを、ジネットは急いで止めた。

　はぁはぁとふたりで荒く息をしながら、なんとか尋ねる。

「そ、それで……どうしたの？　あなたが来たということは、何か用事があるんでしょう？」

「あっそうでした！」

　言いながらサラがトレイを差し出す。そこには何通かの手紙が乗っていた。

「手紙……？　差出人は……先日オーロンド絹布をもういらないと言ってきた、服飾店の店主たちね？」

「ほう？　アイヤゴン服飾店とバリエ服飾店から？　僕にも見せてくれないか？」

言ってクラウスも覗き込んでくる。それから書いてあることにざっと目を通した。

「なるほど。『深く謝罪するのでオーロンド絹布を再度卸してほしい』と」

「私は大丈夫ですが、クラウス様は構いませんか？」

任されているとは言え、正式な会長はあくまでクラウス。ジネットが尋ねると、彼はフッと口の端だけをつり上げた、冷たい笑みを浮かべる。

「許さない、なんて心の狭いことは言わない。その代わり、貸しひとつとしてつけておこう」

（わわっ……！　クラウス様がまた悪い笑みになっていらっしゃるわ……！）

ジネットがハラハラしながら見ていると、クラウスがトレイに乗せられたもう一通の手紙に目を向けた。

「この手紙は？」

「……あら？　こちらは、ギルバートからだわ」

「ギルバート？」

「ルセル家の家令です。家で何かあった時は報告してほしいとお願いしていたのですが、どうしたのでしょう？」

ジネットは急いで封を切り、手紙を読み始めた。それから、読んでいる途中で目を丸くする。

「クラウス様……大変です！」

「どうしたんだ？」

「どうやらお義母様が、私への嫌がらせとして、ルセル商会の権利書を売り飛ばそうとしているみたいです！」

　その単語に、クラウスが仰天した。

「なんだって⁉」

　さらにクラウスだけではなく、サラまで身を乗り出してくる。

「本当ですかお嬢様⁉」

「売り飛ばすって、誰に？　ルセル商会が他の人の手に渡ってしまうのか？」

「ギルバートの手紙にはそう書いてあります。どうやら、内々で権利書を競売にかけて売るようです……」

「ルセル商会の権利書を競売にかける⁉　まったく、あのご婦人は……！　自分が何をやっているのか、理解しているのか……⁉」

　だが額を押さえるクラウスとは反対に、ジネットは生き生きと目を輝かせた。

「クラウス様……これは、もしかして！」

　それからぐっと拳を握って叫ぶ。

「久々に、お義母様からのご褒美ですね⁉」

「いや違うと思う」

「違うと思いますお嬢様」

　クラウスとサラ、ふたりの声が重なった。

　それからクラウスが、まだ興奮しているジネットをなだめながら言う。

「落ち着いて、もう一度話を整理しよう。君の義母君は今、ルセル商会の権利書を売ろうとしているんだね？」

「はい。それもギルバートからの報告によると、その競売をルセル家で行うそうです。なんでも、お義母様が取り仕切るのだとか」

「なるほど。その場には確実にルセル夫人がいるのだな。だとしたら……君や私がのこのこと行ったところで、中に入れてくれるかどうかも怪しいな」

「いわく、お義母様は半ばヤケクソになっているそうです。どうやらルセル家のお金は、全部自分のものになったと思っていたようで……。実際お義母様が使っていたのは、今年度分の予算だけだったんです」

と言っても、父は決してケチではない。義母やアリエルのお小遣いだって、貴族ですら驚くような額を渡してきたはずだが……。

（それを使い果たしてしまうなんて、お義母様は一体何を買われたのかしら……？）

――義母がジネットの足を引っ張ろうとして偽布に手を出し、あげくの果てにまたもや詐欺師の罠にひっかかったことを、ギルバートはジネットに知らせていなかった。

偽布などという些細なこと、知らせるまでもなくジネットが無自覚のうちに叩き潰してしまうだろうとギルバートは考え、そして実際その通りになったのだ。

不思議そうな顔をするジネットに、クラウスが言う。

「だろうね。当主が行方不明になってから爵位や財産が相続されるには、もう少し時間がかかるはずだ」

「それで、どうやら破格の値段になってもいいから、とにかくルセル商会を売り飛ばしたいのだそうです。ギルバートの手紙には『お嬢様への嫌がらせだと思われます』と書いてあったのですが……」

（これのどこが嫌がらせなのでしょう？　……むしろご褒美ですよね？）

なんて考えていると、額を押さえたクラウスがはぁとため息を漏らした。

「まったく呆(あき)れたご婦人だ……。その様子だとルセル商会の価値をこれっぽっちもわかっていないのだろう。嫌がらせと小遣い作りのためだけに売り飛ばそうだなんて……」

「でも……クラウス様？」

拳を握り、ワクワクを隠し切れない様子でジネットは言った。

「お義母様が売り飛ばそうとしているのなら……それを私たちが買ってしまえばよいのではないでしょうか⁉　通常の取引と違って、お義母様はお得に売ろうとしているようですし！」

「しかし、君の義母君が僕たちに売ってくれるとはとても思えないな……」

眉をひそめるクラウスに、ジネットはニコニコしながら言った。

「私たちにはきっと売ってくれないと思います。……でも、他の方にならどうでしょう？」

「他の人？」

「はい！」

ジネットは満面の笑みで答えた。

「例えば……以前もお話したエドモンド商会やゴーチエ商会のおじ様は、お父様とも仲が良く、義理人情に厚い方たちです。その方たちに資金を渡してルセル商会を買ってもらい、その後権利書を私たちに譲っていただくのです！」

「つまり人を雇って、代わりにルセル商会を買ってもらうと？」

「そういうことです！」

ジネットの案に、クラウスが考え込む。

「ふむ……。義理人情に厚いとは言え、彼らは商人だ。君が思うほどうまくいくかな……」

「そうですね。おじ様たちもきっと抜かりないとは思いますが……まずはお話ししてみましょう！早速お手紙を書いてきますね！」

言うなり、ジネットは立ち上がった。

ぱたぱたとかけ去っていくその背中を見ながら、クラウスはその場に立って何かをじっと考え込んでいた。

◆

――後日。ギヴァルシュ伯爵家の応接間には、ジネット、クラウスのほかに、エドモンド商会長、ゴーチエ商会長、そしてパブロ公爵がソファに座っていた。

ジネットが身を乗り出して、全員の顔を見渡しながらお礼を言う。

「皆様、このたびはお集まりいただきまして誠にありがとうございます。お手紙でも書いた通り、お義母様がルセル商会を他の方に売り飛ばそうとしているのを、なんとか阻止していただきたくて……！」

ジネットの言葉に、恰幅(かっぷく)のよい、そして頭頂部が少々涼しくなったエドモンドが身を乗り出してくる。

「おお、よいよい。ジネットちゃんの頼みとあらば、海の果てにでも乗り出してゆくとも」

「そうとも。まだあいつ(ルセル卿)も見つかっていないのだろう？　不在の今だからこそ、我らが団結して悪妻に立ち向かわねばねぇ」

今度は栗色(くりいろ)の髪を中央でふたつにわけているゴーチエだ。

昔から父の良きライバルであり仲間でもあるふたりの言葉に、ジネットが目を潤ませる。

「エドモンドおじ様、ゴーチエおじ様……！」

それからジネットはぱちりとまばたきをした。途端に、その顔は交渉に向かう商売人のそれになる。

「それで、おふたりはどんな報酬をお望みでしょうか？」

「えっ？」

にっこりと微笑んだジネットに、声を上げたのはクラウスだった。

対して商会長ふたりは、目を輝かせてニコニコとしている。

「さすが、ジネットちゃんは話が早くて助かる」

「その見返りが聞きたくて、やってきたようなものだよねぇ」

「ちょ、ちょっと待ってもらえますか⁉」

こらえきれず、クラウスがさえぎった。

「お二方とも報酬、いるんですね⁉　てっきり今のは、人情に厚い商人たちが一致団結して、商会を取り戻す感動のシーン……かと思っていたのですが」

その言葉に、パブロ公爵を除いた三人がきょとんとする。

「はい、クラウス様の認識で合っていますよ！」

「だから私たちは、報酬をつけるだけでルセル商会買取に協力すると言っているんだ。見返りなど安い物だろう」

「そうそう。本当ならこんなチャンスを逃さずに、さっさと自分たちでルセル商会をモノにするところなんだけどねぇ」

あっけらかんとした答えに、クラウスは唖然(あぜん)とした。そこへ、成り行きを見守っていたパブロ公爵がくつくつと笑う。

「フッ……ははは！　どうやら、考えが甘かったのは君のようだね、クラウス君」

パブロ公爵はなおも笑い続ける。

「ジネット嬢が私をこの場に呼んだのも、誓約を交わすにあたって立会人が必要だからだろう？」

その言葉に、ようやく理解したクラウスが、額を押さえてがっくりと椅子に座り込んだ。

「ああ、わかっていなかったのは、僕の方だったんですね……」

――『義理人情に厚いとは言え、彼らは商人だ』と言ったのはクラウスだったが、ジネット本人はしっかりとそれを理解した上で、彼らを呼び出していたのだ。

ジネットの代わりに権利書を競り落としてもらい、その見返りとして報酬を用意する。そして約束を破られないよう、パブロ公爵という強力な後ろ盾に立ち会ってもらう。

取引を行う上で、これ以上ないほど完璧で安全な流れだった。

「あ、あのクラウス様。大丈夫ですか！　何か私、失礼なことを……!?」

あわてるジネットに、クラウスは笑いながらゆっくりと首を振った。

「いや、自分の未熟さを思い知らされただけだよ。どうぞ、僕には構わず話を続けてほしい」

「は、はいっ！」

気を取り直したジネットが、商会長ふたりの方を向く。

「それで、報酬なのですが……ルセル商会を取り戻した暁には、オーロンド絹布の全販売権をお譲りする、というのはどうでしょう？」

オーロンド絹布は、今やすっかりマセウス商会の新しい目玉商品となっている。

最初の爆発的なブームはいずれ落ち着くとは言え、今度は庶民たち用の小物商品など、まだまだ需要は見込めるはずだ。

「うーん。オーロンド絹布ねぇ……」

エドモンドが顎髭(あごひげ)を撫(な)でる。それから大げさな程頭をひねった後に、彼はパッと顔を輝かせた。

「それよりも、ジネットちゃん。うちの長男坊の嫁になるのはどうだい！」

「えっ!?」

突然の提案に、ジネットが目を丸くする。エドモンドの言葉を聞いたゴーチエもあわてて身を乗り出した。

「おいおい！　抜け駆けはずるいよ抜け駆けは！　それを言うなら、うちだってジネットちゃんを嫁に欲しい！」

「いやいや、こういうのは早い者勝ちだろう。最初に言い出した私の方に権利がある！」

「ちょ、ちょっと、ふたりともまってくださ――」

口論の気配に、あわててジネットが身を乗り出そうとする。

そこへ誰よりも早く、ゆらりと立ち上がった人物がいた。

「絶対に、駄目です」

――完全に目の据わったクラウスだった。

「ジネットは、僕の、婚約者です」

ひとことひとこと区切られる言葉には、どれも尋常じゃない力がこもっている。

普段人当たりのいいクラウスから発せられる紛れもない〝怒り〟のオーラに、商会長たちだけではなくジネットもヒッと悲鳴を上げた。

「おふたりの息子の嫁になど、絶対にさせません。いいですか、もう一度言います。ジネットは、僕の、婚約者です。そもそも、彼女を商品のように扱うのはやめていただきたい！」

「おお、こわ。クラウス君、そんな顔もできるんだね……!?」

と言ったのはパブロ公爵だ。だがその顔はどこか面白がっている。

対面に座る商会長たちが恨みがましそうに言った。

「でもねえ……ジネットちゃんを嫁にもらえるチャンスなんて本当こんな時ぐらいしかないし、そもそもこれを目当てにやってきているんだ」

「そうそう。ジネットちゃんは金の卵を産む鶏……じゃなくて、すばらしいお嬢さんだ。そんな彼女の代わりと言われてもねぇ……」

「マセウス商会の権利書」

「え？」

しぶるふたりに、目が据わったままのクラウスが言う。

「ジネットは何があっても離しません。代わりに、オーロンド絹布の販売権を持っているマセウス商会そのものを、報酬に渡します」

「ほう……？」

途端に、ふたりの目の色が変わった。すぐさま急いで「時価総額は～」やら「本店のある土地価格は～」やらと囁き始める。

その間にクラウスはジネットに向かって言った。

「ジネット……すまない。一度は君に任せた商会を、報酬として差し出してしまってもよいだろうか？」

「もともとクラウス様の商会ですから、私は全然大丈夫です！　せっかく仲良くなった従業員の皆様とお別れしてしまうのは寂しいですが……」

「大丈夫だ。ルセル商会を取り返した暁には、彼らを全員ルセル商会に雇い入れて新店を出せばいい」

「まあ！　それなら大丈夫ですね！」

ジネットが手を合わせて喜ぶ。その隣で、商会長たちの値踏みも済んだらしい。

頬をつやつやと上気させながら、ふたりは機嫌よく言った。

「マセウス商会なら、大収穫だ！　その話、乗ろう」

「それで、うまくルセル商会の権利書を手に入れた方が、マセウス商会をもらえるということだね？」

「そういうことです」

「なら、商談成立だ。我々が責任を持って、ルセル商会を競り落としてこよう」

うなずくふたりに、見守っていた立会人のパブロ公爵が誓約書を差し出す。

「ルセル商会の権利書を競り落としてきた暁には、それをマセウス商会の権利書と引き換えにジネット・ルセル嬢に引き渡す。——それで間違いないなら、ここにサインを」

「ええ、エドモンド商会の名に誓って」

「ゴーチエ商会の名に誓って」

ジネットが見守る前で、商会長ふたりが誓約書にサインをした。

（よし……！　これで、算段はつきました！）

ジネットはクラウスと顔を見合わせて、力強くうなずいた。

当初想定していた報酬より話が大きくなり、マセウス商会を手放すことにはなってしまったが、なにはともあれ話は無事まとまったのだ。

（あとはおふたりに任せれば……！）

だがこの時のジネットは知らなかった。

――ジネットの目論見は、義母レイラよって阻害されてしまうことを。

◆

「えっ？　エドモンドおじ様とゴーチエおじ様は、お義母様の競売に参加できない……⁉」

誓約書を交わしてから数日後。

浮かない顔でギヴァルシュ伯爵家にやってきたふたりの話を聞いて、ジネットは目を丸くした。

応接間には、苦い顔の商会長たちが座っている。

「ううむ……。実は先日、ルセル夫人に『競売に参加したい』という手紙を送ったら……『わたくしは知っていますよ。あなたたちはジネットと仲がいいでしょう！　そんな人はお断りです！』と、付き返されてしまったのだ……」

がっくりとうなだれるエドモンドの横で、苦い顔をしたゴーチエが言う。

「私も同じでねぇ。それどころか、聞くところによるとかなりの人が競売への参加を断られているらしい。どうやらジネットちゃんと仲のいい人や、繋がりのある人を片っ端から断っているらしいんだ」

「ルセル夫人がここまで調べてくるのは、意外でしたね」

呟（つぶや）くクラウスに、ジネットが難しい顔で考え込む。

「困りましたね……。エドモンドおじ様やゴーチエおじ様だけではなく、ほかの方もすべてダメだとなると……」

「すまないね、ジネットちゃん。なんとか手伝ってやりたいが、私たちの持っている伝手（つて）もどうやら全滅のようだ」

「いえ、おじ様たちのせいではありません。……それよりも、気になることが。お義母様が私と繋がりのない人物にしか売らないと考えているのなら、それこそかなり人が限られてしまうのでは……？」

商売の世界は一見広いように見えるが、実際は横の繋がりが多く狭い世界だ。

義母はジネットを警戒して、まともなライバルですら締め出しているらしい。そうなると残るのは、詐欺まがいのうさんくさい商会や、裏社会と繋がりのある人物ばかりになってしまう。

同じことを危惧（きぐ）したらしいゴーチエの顔が曇る。

「誰かライバルの手に渡るのならいざ知らず——というかまあ我々もライバルではあるのだけれど——裏社会の人間の手に落ちるのは一番困る。我々も何か手がないか、考えてみるつもりだ」

「しかし夫人にも本当に困ったものだ……。ルセル商会にもしものことがあったら、業界全体にとって大打撃になるというのに。これだから働いたことのない貴族の女は——」

愚痴を言い始めたエドモンドの言葉を、クラウスがやんわりとさえぎった。

「おっと。エドモンド商会長、そこまでですよ。ルセル夫人はともかく、貴族女性全体をひとくくりにしてはいけません。彼女たちは働きたくても、働けないのかもしれないのですから」

「そ、そうだな。私としたことが、失礼した」

そんなやりとりを交わす男性陣をよそに、ジネットは何やらずっと考えていた。

それからゆっくりと顔を上げる。

「……私と仲良しがダメというのなら、逆の方ならどうでしょう？」

「逆？　……君の敵ということかい？」

クラウスの言葉に、ゴーチエがうーんと考え込む。

「でも大手でジネットちゃんと仲が悪いところなんてあったかなあ……。商会のおじさんは僕ら同様、みんなジネットちゃんのことがお気に入りだから、ねえ？」

「そうそう。ジネットちゃんは商人の間ではアイドルだからな」

堂々と言われて、ジネットは顔を赤らめた。

「お、おじ様方には本当に、小さい頃よりかわいがっていただいて、感謝の気持ちでいっぱいです！」

そんなジネットを、ゴーチエとエドモンドがニコニコしながら褒める。

「そりゃあねえ、実の娘たちは商売なんて微塵も興味を持ってくれないけれど、ちっちゃい君がキラキラ瞳を輝かせながら僕たちの話を聞いてくれたら、ねぇ？　嬉しくなっちゃうよねぇ」

「しかも、ぽろっと出た意見が的を射ている上に、新発想に繋がることも多いんだから。ジネットちゃんの発想からアイデアを得た人は、ひとりやふたりじゃすまないはずだよ。皆、君には一目置いているんだ」

ふたりの言葉に、ジネットの顔がますます赤くなる。

「あ、あのう。決して褒め殺しを……されたかったわけではなく……！」

しどろもどろになるジネットに、なぜか満足げな顔をしたクラウスが助け船を出した。

「商会長たちの言葉には僕も心の底から同意だ。……それで、ジネット。君の考えた〝逆〟というのは？」

「えっと、逆というのはですね」

ようやく本題に入れそうなことを悟って、ジネットはきりりと眉をつり上げた。

「敵がいないのなら、作ればよいのです。最近、お義母様はオーロンド絹布の偽物でひどく怒っていたでしょう？　それで思い出したのです。私の周りでも、オーロンド絹布の偽物に踊らされた方がいるのを……」

「ああ、アイヤゴン服飾店とバリエ服飾店か」

思い出したクラウスに、ジネットが「はい」とうなずく。

「その二店と取引再開したことを、お義母様を含め他の方々はまだ知らないはず。……そこで、彼らに演技をしてもらうのです。『自分たちは偽布を掴まされた被害者なのに、マセウス商会は何も助けてくれない！　腹が立つ！』と。お義母様も根っこはお優しい方なので、きっと彼らを助けてくれるはずです！」

「優しい……？」

「どこがだ……？」

ジネットの言葉に、あちこちから疑問の声が漏れた。

それから義母をよく知るクラウスが、苦笑いしながらぼそりと言う。

「その逆恨み精神、ルセル夫人がとても気に入りそうだね……」

もちろんそんなことは聞こえなかったジネットが、うきうきしながら言った。

「どうでしょう⁉　これならお義母様のところに、もぐりこめると思うのです！」

「そうだね。ちょうど彼らにはオーロンド絹布の件で貸しがある。……提案してみよう」

にこりと微笑んだクラウスに、ジネットはこくこくとうなずいてみせる。

◆

「奥様……もう間もなく競売が始まってしまいますが、本当によろしいのですか？」

恨みがましい目でこちらを見る家令のギルバートを、レイラはうっとうしそうに振り返った。

「ええい、もう何度もいいと言っているでしょう！　私が決めたことなのよ！」

――今日は、特別競売が行われる日だ。

会場となるルセル家には既にたくさんの商人が集まり、いつになく物々しい雰囲気になっている。

皆ルセル商会の権利書を手に入れようと、鋭く眼をぎらつかせていた。

そんな中、アリエルがどこか怯えた様子でそっと歩み寄ってくる。

「ね、ねぇお母様。なんだか今日の人たち、みんな顔が怖いわ……」

アリエルが言っているのは、今日の招待客たちのこと。

競売を前にした商人たちはみんなピリピリしているだろうが、それにしたってどこか雰囲気が物々しい。

レイラがうんざりしたように言う。

「しょうがないじゃない。あの娘と繋がりのある商会はみんな断っちゃったから、ちょっと怪しくても入れないと人数がそろわなかったのよ」

「ねぇ、別にお姉様と繋がりがある人でもよかったんじゃない？　その方がもっとたくさんお金を出してくれそうなんでしょう？」

「あーもう、うるさいわね。大人の決めたことに、子どもは口出ししないでちょうだい！」

しぶとく言いすがるアリエルに、レイラはわずらわしそうに返事しながら、首を伸ばして招待客を検分した。

それから、ある人物に気付いてぱっと目を輝かせる。

「ふふっ。見なさいアリエル。私だって、招待客はちゃんと選んでいたのよ？」

レイラが指し示した先に立っていたのは、浅黒い肌を持つ、誰よりも背の高い青年だった。

彼は皆と同じ形のコートを着ているにもかかわらず、なでつけられた漆黒の髪と切れ長の目から、周りを圧倒するような凛々しさを放っている。

すぐさま美男子に目のないアリエルが、レイラに耳打ちした。

「お母様！　あの人は誰⁉　エキゾチックな顔立ちで、とっても素敵だわ……！」

そんなアリエルに、レイラも上機嫌で囁き返す。

「聞いて驚きなさい。あの人はね……お忍びで留学中の皇子様なのよ！　ちょうどこの国で商売を始めたいと思っていて、そのとっかかりに、ルセル商会に目をつけてくださったのですって！」

「皇子様⁉　すごいわお母様！　あの人……花嫁募集中だったりしないかしら？」

ごくりと唾を呑むアリエルに、レイラはうなずいてみせた。

「もちろんそこは抜かりなく調べてあるわ。彼は今日の大本命だから、落札した暁にはあなたのことも紹介してあげましょうね。その時はしっかり売り込んでくるのよ！」

「わ、わかった！　私、お化粧直ししてくるわ！」

興奮した顔で化粧室に走って行くアリエルを見ながら、レイラはふふんと笑った。

それから部屋の隅にいる、ジネットが送り込んできたふたりの商人を見る。

（アイ……なんとかとバレエ……なんとかだったわね。ふん。ジネットったら甘いのよ。わたくしにバレないとでも思ったのかしら？　まあ今は素知らぬ顔をして受け入れてあげるけれど、この後が楽しみね！）

彼らの正体がバレているとも知らず、入札を無効にされ、『権利書を落札できなかった』と聞いた時のジネットは、どんな顔をするだろう。

それを想像すると、まだ始まってもいないのに、くつくつと笑いが漏れてしまう。

そんなレイラに、まだ恨みがましい目をしているギルバートが話しかける。

「奥様……一体なぜ、お嬢様のことをそこまで目の敵にするのです？　お嬢様は反抗ひとつせず、あなたの言うことを聞いてきたではありませんか」

「だからこそよ、ギルバート」

レイラは鼻で笑った。

「私はあの子の継母なのよ？　ならば普通、もっと敬い恐れるべきでしょう。なのにあの子はいつもへらへらして……何を言っても目を輝かせて！　きっと私が商売のことを知らないからって見下しているのよ！　そういうところが気に障るったら！」

レイラのいらついた声に、ギルバートが小さくため息をついた。

「お嬢様はいつも、真心を持って奥様に接しておられましたが……どう言っても私の言葉は届かないのでしょうね」

「ふん。家令であるあなたの言葉を聞く必要があって？　……それより、そろそろ始めるわよ。私のとっておきの、楽しいショーがね……！」

レイラは髪を整えると、集まった商人たちの前に颯爽と出て行った。

それはいかにも女主人らしい、堂々とした振る舞いだった。

◆

「――権利書を落札できなかった……のですか……!?」

義母の競売に送り込んだ商人たちの報告を聞きながら、ジネットが両手で口を押さえる。そんなジネットを支えるように、クラウスがそっと肩に触れた。

「では、権利書は誰の手に?」

クラウスの問いに、アイヤゴンとバリエの商人たちが答える。

「それが……よくわからないのですが、浅黒い肌と、黒い髪をした若い男でした」

「ええ。それもすごく不自然な様子で……」

「不自然?」

クラウスが眉をひそめると、ふたりの商人は顔を見合わせながらその時のことを話した。

「飛びぬけて高額を提示したわけでもなかったのに、その男が手を挙げた瞬間、ルセル夫人が競売を強制終了してしまったんです。あれはまるで、その男が入札するのを待っていたかのようでした」

『その男を待っていたかのように』

商人の言葉に、クラウスとジネットは顔を見合わせた。

「よく、それで会場が荒れませんでしたね……!?　といいますか、もはや競売の体をなしていないような」

「もちろん、『どういうことだ!』って一瞬にして荒れましたよ。でもルセル家の家令らしき男性と、落札した男性自身が、その場をうまいことなだめてしまったんです」

「ルセル夫人も大層その男性に喜んでいましたねぇ……。あれはすべて、彼が落札するよう最初から用意されていたのではという気がします」

それから、何やら落ち着かない様子で彼らがちらりとジネットを上目遣いで見上げる。

「ジネット様、申し訳ありません。せっかく声をかけてもらったのに役に立てず……それで、あのう……」

「大変言いにくいのですが、我々が失敗したということは、オーロンド絹布の入荷も、もしや……？」

彼らが心配している内容を悟って、ジネットは急いで手を振った。

「ああ！　いえ、そちらは心配しないでください。もちろん、落札できなかったのでオーロンド絹布の販売ルートをまるまる差し上げることはできませんが、布地の再販に関しては、もともと取引再開をお約束していたことですから」

「あの競売にもぐりこんだだけで十分、貸しは返してもらいましたしね」

ジネットとクラウスの言葉に、商人たちは露骨にほーっとした顔をした。

自業自得とは言え、偽オーロンド絹布のせいでアイヤゴンもバリエも結構な損害を受けたと聞く。利益どうのこうのの前に、今度こそ本物を売って商店の名誉挽回(めいよばんかい)をしたいのだろう。

「――それにしても、おふたりが落札できなかったとなると……」

商人たちを見送ってから、ジネットは顎に手をあててぼそりと呟いた。

「ああ。これは少々厄介なことになるかもしれないね……」

言って、クラウスも言葉を濁す。

それからしばらく、ジネットとクラウスは難しい顔のまま応接室に立ち尽くしていたのだった。

◆

その頃、ルセル家では権利書を売り払ったレイラが、お手本のような高笑いをしていた。

「おーっほっほっほ！　ああ、してやった瞬間って、本当になんて気持ちがいいのかしら！　今頃ジネットは、どうすればいいか途方に暮れていることでしょうね！　その顔を拝んでやりたいわ！」

家令のギルバートはやれやれとため息をつき、隣ではアリエルがまだポ～ッと顔を赤らめている。

「お母様……あの方とっても素敵でしたわ……！　お名前は、キュリアクリス様……だったかしら？　異国のお名前も、とっても似合っていらっしゃるわ……」

先ほど、権利書とお金を交換する際には、アリエルも同席した。

そこでキュリアクリスを紹介してもらい、手の甲にキスを受けてからずっとこの調子なのだ。

「あの方、商会を買ったということはしばらくこの国に残るってことですわよね？　ああ、お店に行けば会えるかしら。早く会いたいわ。さっきだって、本当はお見送りがしたかったのに……！」

言いながら、アリエルは未練がましく窓に張り付いていた。

取引を終えて、彼がルセル家を出たのはついさっきのこと。

レイラに「はしたないからくっついていくのはやめなさい！」と言われたからしぶしぶ諦めていたが、本当は馬車までぴったりくっついて見送りしたかったようだ。

ふぅ、とため息をつきながらレイラが言う。

「アリエル。何度も言うけれど、男性には最初からその気があると思わせすぎちゃだめなのよ。クラウス様のことだって、あなたがもう少し駆け引きが上手だったら、うまいことその気にさせられていたかもしれないのに」

「そんな難しいこと言われてもわからないわ。私はお母様みたいな手練手管を持ってないんですもの。……あっ！　キュリアクリス様がまだいらっしゃったわ！　馬車に乗ろうとしている！」

麗しの姿を見つけ、アリエルはきゃっきゃとはしゃいだ。

娘のそんな姿に、レイラが「まったくあなたは……」とお小言をこぼそうとしたその時だった。

「……あら？　迎えの馬車から出て来たのは……クラウス様？」

「えっ？」

クラウスという単語に、レイラがバッと窓を向く。

アリエルは窓に張り付いたまま、不思議そうな顔で続けた。

「それに……よく見たらお姉様もいらっしゃるわ。なぜ？」

「なんですって!?」

今度こそレイラはあわてたように立ち上がった。

ビタンと窓に張り付いて見ると、ルセル家の門前には一台の馬車が停まっている。

そこに向かって歩いているのは、先ほど山盛りの金貨と引き換えに権利書を譲ったばかりのキュリアクリス。

そして迎えと思(おぼ)しき馬車の前には、確かにクラウスと、義娘(むすめ)であるジネットが笑顔で立っていた。

「ちょ、ちょ、ちょっと‼　どういうことなの⁉　なぜあのふたりが⁉」

叫んで、レイラは転がるようにして部屋を飛び出した。

「あっお母様待って！　ひとりだけ抜け駆けなんてずるいわ！　私も行く！」

後ろから聞こえるアリエルの声には構わず、レイラはぜっぜと息を切らしながら馬車の元に走る。

（なんであの娘が一緒にいるの⁉　ジネットの送り込んできた人間は、全員排除したはずよ！　なのに……どういうこと⁉）

バン！　とレイラは、乱暴に玄関の戸を開けると叫んだ。

「待ちなさい‼」

◆

ルセル家の門前で、ジネットとクラウス、それからキュリアクリスの三人は話をしていた。

そこへ、玄関の扉が開かれて義母の声が響き渡る。

「ジネット‼　どうしてあなたたちがここにいるのよ‼」

「あっ、お義母様」

のんきな声を上げたのはジネットだ。

「ご無沙汰しております。先日の虫食い被害は大丈夫でしたか？　実はアリエルが前に欲しいと言っていたオーロンド絹布を持ってきていて――」

「そんなことはどうでもいいのよ‼」

走って来た義母に真正面から怒鳴られ、耳がキィーンとなったのはジネットだけではなかったらしい。

クラウスが苦笑いしながら耳を押さえているし、キュリアクリスに至っては露骨に嫌な顔をしている。

『まったく、なんてうるさい女性なんだ。これが義母だなんて本当に同情するね』

なめらかなパキラ語で話しかけられ、ジネットは少し困ったように微笑んだ。

『お義母様も、普段は淑女でいらっしゃるのだけれど……さすがに今日はびっくりしてしまわれのでしょうか』

その言葉に、今度はクラウスがふふっと笑った。

『そうだね。今は、とてもびっくりしていると思うよ。なにせ、よりによって競売会の大本命が、僕たちと繋がっているとは思わなかっただろうから』

その言葉に、今度はキュリアクリスがニッと笑う。

——義母が権利書を売ったキュリアクリス・バスビリス・エリュシオンは、パキラ皇国の第一皇子だ。

義母の言っていた通り、お忍びでこの国に留学している最中であり、その肩書きに一切の嘘はない。

だが——。

『そもそも私が誰の影響でこの国にやってきたのか、十分に調べなかったのが彼女の敗因だね』

言って、キュリアクリスはクラウスを見た。そこに義母が噛みつく。

「ちょっと！　わたくしにわからない言葉で会話をするのはやめてくださる⁉」

「失礼、マダム。友人と話していたらつい、母国語が出てしまいました」

言いながら、キュリアクリスが礼儀正しく義母の手に口づけた。それからじっと、熱っぽく義母を見つめる。

気品があり、かつ野性味も併せ持つ彼の色気に、義母が一瞬ぽっと顔を赤らめた。それを見て、追いついてきたアリエルが「お母様！　ずるいわ！」と叫んでいる。

「ど、どういうことなの……友人って！」

「ああ、お話ししておりませんでしたっけ。実は、クラウスと私は留学先のヤフルスカで仲良くなりましてね。商売に興味を持ったのも、何を隠そう彼の影響なのですよ」

「なんっ……⁉　じゃ、じゃあ、ずっと裏で繋がっていたということ⁉　卑怯じゃない！　それを隠して私に近づくなんて！」

「卑怯？　なぜです？」

激高する義母の前に出たのは、クラウスだ。

「気に入らない者は、あなたがすべて自分の手で締め出したでしょう？　彼はあなたに認められ、正当な手続きを踏んで取引が行われたのです。卑怯なことは何もありませんよ。手に入れた後、彼が権利書を誰に売ろうが、それはあなたには関係ないことなのですから」

「そっ！　そっ！　そんなの詭弁よ！　今すぐ取引を中止するわ！　お金を返すから、今すぐ権利書を返しなさい！」

「それは――無理ですね」

わざとらしく肩をすくめながら、キュリアクリスが言う。

「なぜなら私は、既に友人の婚約者、ジネット嬢に権利書を売ってしまったのですから」

言いながらちら、と彼が見た先には、権利書を大事そうに握っているジネットがいた。

カッ！　と義母の目がつり上がる。

義母は恐ろしい形相で、つかつかとジネットに歩み寄った。

「ジネット！　今すぐその権利書を渡しなさい！」

「わっわっわっ！　いくらお義母様の頼み事とは言え、それだけは無理です！」

それからグワッ！　と伸びて来た義母の手を――ジネットはサッと自分でかわした。

間に立ちふさがったクラウスが、冷たい声で義母に声をかける。

「落ち着いてくださいルセル夫人。周りがみんな、見ていますよ」

馬車の御者に、ルセル家の門番。それにアリエルにギルバートにと、いつのまにか馬車の周りにはたくさんの人が集まっている。

「くっ！　この！　そんなことはどうでもいいわ！　どきなさい！　あの権利書を取り返さないと……！」

「それに……」

クラウスの瞳が、そこですぅっと細くなった。

それから周りに聞こえないよう、何かをぼそぼそと義母の耳に囁く。

途端、義母の顔がサーッと青ざめた。

「ど、どうしてそれを……⁉」

「言ったでしょう。僕はルセル卿と仲良しなんです。卿が以前教えてくれたんですよ。こんなこと、他の人たちには知られたくないでしょう？　あなたのプライドに傷がつく、恥ずかしいことですからね」

「ぐ、ぅ……！」

「皆に言いふらされたくなければ、これ以上は追及してこないことです。適正価格よりはずっと安いとは言え、それでも馬鹿にならない金額を払っているんだ。それでアリエルとふたり、慎ましやかに暮らすことをおすすめしますよ」

クラウスの言葉に、レイラが諦めたようにその場にがくりと崩れ落ちた。

ギルバートが、やれやれと言った調子でため息をつく。

「奥様。だから言ったでしょう？　本当によろしいのですか？　と」

だが義母は、それに答える元気もないらしい。

「クラウス様、一体何をお義母様に……？」

尋ねるジネットに、クラウスは声をひそめて言った。

「なに。君の義母君と、父君の出会いについてちょっと、ね」

「出会い……？」

（何か劇的なことがあったのでしょうか……？）

「それより、そろそろ日が暮れてくるし、家に帰ろうか？」

「はい！　……あ、少しだけ待ってください」

言いながら、ジネットが馬車の中からごそごそと何かを取り出す。そして包みを抱えたまま、アリエルの元へと走った。

「アリエル、これをどうぞ。欲しがっていたでしょう？」

それは正規品のオーロンド絹布だ。

「えっ⁉　お姉様、本当に用意してくれたの？」

「？　もちろん。だって、欲しいって言っていたでしょう？　それに……よく考えたら、偽布を掴まされたあなたも大変だったと思うの。お義母様が商会を売ろうとするくらいだもの。どうか、気付くのが遅くなった私を許してね。代わりにこんなことぐらいしかできないけれど、これは私からのプレゼントよ」

「お姉様……」

布を受け取りながら、アリエルは言葉をなくしているようだった。

「それでは、私はそろそろ行こうと思います！　お義母様、アリエル、どうぞお元気で！」

ジネットは手を振ると、意気揚々とクラウスの待つ馬車に乗り込んだ。

「あ、あの！　お姉様！」

アリエルに呼ばれて、ジネットが馬車から顔を出す。

「どうしたの？　アリエル」

「あの……その……っ」

アリエルは何か必死に言葉を探しているようだった。

それからしばらく唇を噛み、蚊の鳴くような声でぽそりと言う。

「……あの、オーロンド絹布、ありがとう……」

ジネットはにっこりと微笑んだ。

「どういたしまして」

◆

「やった～!!　お嬢様、これが権利書なのですね⁉　これでルセル商会は、お嬢様のものなのですね⁉」

「そうなの！　もっと何年もかかるか、お父様がお戻りになってから譲ってもらうかになると思っていたのに……まさかこんなに早く取り戻せるなんて！」

帰って来たギヴァルシュ家で、権利書を握りしめながらジネットはサラとぴょんぴょん飛び跳ねていた。

「ちょっと回りくどい方法でしたけれど、その代わりとても良心的なお値段！　やっぱりこれは、お義母様からのご褒美だったのですね！　優しくていらっしゃるわ！」

「ジネット、それはない」

「お嬢様、そんなわけありませんので目を覚ましてください」

冷静なふたりがすかさず突っ込んだ。

その声に困った顔をしてから、ジネットは部屋にいる男性を思い出してハッとする。

「あっ！　し、失礼いたしました！　キュリアクリス様がいらっしゃっていたのに、はしたないところを見せてしまって……！」

あわてるジネットに、キュリアクリスがにっこりと微笑む。

「構わないよ。あなたの笑顔は可憐な花と同じ。どうぞその愛らしさを、遠慮せず私に見せてほしい」

その色気たっぷりの微笑みには、珍しくサラですら赤面していた。

（やはり皇子様はすごいですね……！　あのサラを赤面させるなんて！）

と考えながら、ジネットも目をぱちぱちとさせた。

「ふふっ。戸惑う表情もかわいいね。君の恥じらう姿見たさに、もっと過激なことを囁いてしまいそうだ」

「キュリ。僕の婚約者をからかうのはほどほどにしてくれないか。というか前より、距離が近くなってないか？　以前会わせた時はそんな甘い言葉を囁いていなかったはずだが」

かばうように進み出たのはクラウスだ。

その姿を見て、キュリアクリスがにやりと笑う。

「あいかわらず、私のことを警戒しているようだねクラウス、まあでも、君がヤフルスカで色んな女性に言い寄られてもビクともしなかった理由が、ようやくわかったよ。こんな愛らしい婚約者がいたら、よそ見している暇などないな」

キュリアクリスが、甘い笑顔を浮かべてジネットを見る。

「ジャスミンのように可憐な外見をしていながら、その中身は賢くてタフだ。まさか二重の策で、まんまとルセル夫人を搦め取ってしまうとはね」

――キュリアクリスの言う通り、ジネットたちは二重の策を用意していた。

最初に目くらましとして商人たちを送り込み、大本命であるキュリアクリスとはさも無関係を装う。もし商人たちが権利書を落札できればそれでよし、駄目だったとしてもキュリアクリスが控えているという寸法だった。

「これも本当に、キュリアクリス様のおかげです！　このたびはご協力いただき、ありがとうございました！」

ジネットが深々と頭を下げると、キュリアクリスはまたにこりと微笑んだ。

それからすばやくクラウスを押しのけ、ジネットの手にちゅっと口づける。

「キュリアクリス！」

とがめるクラウスにも負けず、彼はジネットに向けてとびきり素敵な笑顔を向けた。

「どうだい、ジネット嬢。伯爵家の妻などではなく、パキラ皇国の皇妃になる気は？　知っているだろうけれど、こう見えても僕は皇太子でね」

すぐさまクラウスがふたりの間に立ちふさがる。

「やめてくれ！　いくら君でもその冗談だけは駄目だ。まったく笑えない」

「冗談？　まさか、私は本気だよ」

クラウスがうめく。

「こうなると思ったから君に頼むのは嫌だったんだ……！　キュリ、何度も言うがジネットは僕の婚約者。いくら君とて、これだけは絶対に駄目だ！」

珍しく敵対心をあらわにしたクラウスと、人を食ったような笑顔を浮かべるキュリアクリス。

ふたりの間で、バチバチと見えない火花が散った気がして、ジネットはあわてて飛び出した。

「あっ、あの！　せっかくのお申し出ですが……お断りします」

ジネットは逃げることなく、また恥じらうこともなく、まっすぐキュリアクリスを見つめる。

彼は驚いたように目を丸くした。

「どうして？　そりゃ君たちの国とは多少文化の違いはあるが、君ならパキラ語も完璧だし、何より皇妃になれるチャンスなんだよ？」

だがその言葉に釣られることなく、ジネットが首を振る。

「皇妃なんて、私には務まりません。それに……私はクラウス様の婚約者ですから」

「彼に義理立てしているのかい？　貞淑なのはすばらしいことだが……」

「義理立てではありません」

ジネットは咄嗟に強い口調で言った。それから恥じたように目を伏せる。

（もちろん、今まで大事にしてくれた婚約者を裏切りたくないという気持ちもあるわ。でも、そうじゃないの。私がキュリアクリス様を選ばないのは、義理立てしているからじゃない……）

ぎゅっと拳を握ってから、ジネットは顔をあげてキュリアクリスをまっすぐに見た。

言葉を紡ごうとする唇は震え、胸がドキドキしている。

それでも今言わなければ、とジネットは口を開いた。

「……私は、クラウス様以外の妻になりたくないのです。夫となる人は、クラウス様じゃないと嫌なのです」

「ジネット……!?」

驚くクラウスを見て、ジネットの顔がかぁっと赤くなる。

「すすす、すみません！　私がこんなことを言うのもおこがましいのですが、その、自分でもよくわからないのですけれど、クラウス様じゃないとどうしても嫌で、その、理由はうまく言葉にできないのですが……！」

あたふたとあわて、なんとか説明しようとするジネットに、クラウスが微笑んだ。

「……いいんだ。ジネット。今は言葉にできなくても、いいんだ」

気付けばクラウスが、嬉しそうな顔でジネットのすぐそばに立っていた。

彼の美しい手が、ジネットの白い手を優しく包み込む。

「その気持ちが何かは、これからふたりでゆっくりと見つけていけばいい。だって僕と君は、婚約者なのだから。そうだろう？」

それはとろけそうなほど、甘い笑みだった。

細められた紫色の瞳は濡れ、それでいて熱く、ドキリとするほど色っぽい。

ますます顔が赤くなるのを感じながら、ジネットはなんとか言葉をひねりだした。

「は、はいっ……！　クラウス様にいつもお手数をおかけしている情けない婚約者ですが……！」

「いいんだよジネット。僕はそんな君が――ありのままの君が好きなんだ。謝る必要は、どこにもない」

「クラウス様……！」

（ああ、あいかわらずなんてお優しい……！　本当にこんな方が婚約者だなんて、私はなんと恵まれているのでしょう！）

大天使と称えられる美貌を全開にして、クラウスがジネットを見つめている。

その瞳はどこまでも優しく、甘く、胸が高鳴るのを止められない。

と、その時。

パン、と手を叩く音がして、キュリアクリスが言った。

「はい、人の目の前で見つめあうのはそこまでにしてもらおうか」

ハッとしてジネットはあわててクラウスから離れた。すぐさまクラウスが残念そうな顔になる。

そんなふたりを見ながら、キュリアクリスがやれやれと首を振った。

「まったくひどいな、君たちも。振られたばかりの僕を前に、そんなに見せつけることはないじゃないか」

「ひどいのはどっちだ。もともと約束を違えようとしているのは君だろう」

呆れるクラウスに、キュリアクリスがにやりと笑う。それから瞳をギラッと輝かせながら、彼はとんでもないことを言い出した。

「そうだなあ……。ジネット嬢に振られてあんまりにも傷ついたから、やっぱりその権利書を返してほしい、と僕が言ったらどうする?」

「キュリ!」

「もちろん、ジネット嬢が僕に嫁ぐというのなら権利書はそのまま進呈するよ」

その言葉に、クラウスがさらに詰め寄る。

「キュリ、マセウス商会を君にあげるという約束のはずだったじゃないか。変なことを言うのはやめてくれ。いい加減にしないと――!」

そこへ、言葉をさえぎるようにスッと進み出たのはジネットだ。

クラウスに目配せして、静かにうなずいてみせる。続いてキュリアクリスを見て、ジネットは言った。

「キュリアクリス様。そんなことをしても意味はないと、キュリアクリス様も本当はわかっておられますよね?」

「……ほう?」

笑みを浮かべたまま、キュリアクリスが面白がるように聞き返す。ジネットは続けた。

「商会を買い取れば、確かに利権や販路はあなたのものになります。……けれど、ルセル商会の真の宝は、一癖も二癖もある従業員たちそのものなのです。彼らは皆、お父様に忠誠を誓った方たちばかり。仮にあなたが商会を手に入れても、そんな癖の強い彼らが、果たしてキュリアクリス様の言葉を素直に聞くでしょうか……」

クラウスの作ったマセソン商会が〝ジネットを囲む会〟だとすると、父が作ったルセル商会は、〝ルセル男爵を囲む会〟と言ってもさしつかえない。

特に上層部にいけばいくほど、父に心酔している人は多い。

もともと父から指名されたジネットはともかく、皇族とは言え、突然よそから来たキュリアクリスに大人しく従うとは思えなかった。

「キュリアクリス様は、クラウス様の経済論文を気に入ってこの国にやってきていましたよね。つまり日頃から経済に精通しており、なおかつ諜報員(ちょうほういん)もお持ちでいらっしゃいます。……今私が述べた一連の情報も、既に知っていらっしゃるのでは？」

キュリアクリスは何も答えなかった。

彼はただ黙って、微笑んでいるだけ。

「何より……キュリアクリス様は、女性ひとりのために、わざわざご友人を失うような行動には出ないはず。私はこんな話を聞いたことがあります。『パキラ皇国のキュリアクリス殿下は振る舞いこそ女たらしであるが、友情や学業を大事にされる堅実な方だ』と。実際美女たちの誘いはことごとく断り、学院に籠(こも)っていたそうですね？」

とどめとばかりにジネットがにこりと微笑むと、キュリアクリスがぱちくりとまばたきした。

それから肩をふるふると震わせ……声をあげて笑い始める。

「これはこれは！　どうやら君はすっかりお見通しのようだな？　私の祖国での振る舞いなど知ら

ないと思って、すっかり油断してしまった。私の女好きが〝フリ〟であることまで知られていたとは。一体どうやったんだ？　パキラの民ですら、知らない人は多いのに」

「パキラにも、何人か商人のお友達がいるんです。その方たちに聞きました」

ジネットがにこやかに言うと、キュリアクリスは面白がるように言った。

「なるほど、さすがだね。――ただし、その中に間違った情報も入っている。確かに私は女たらしではないが、その代わり本気になったら絶対にめげないし、諦めないんだ。きっと君を皇妃として連れ帰ってみせる」

そう言ってキュリアクリスがにやりと笑う。

いかにも王族らしい傲慢さと気まぐれに、クラウスがはぁとため息をついた。

「まったく……。これだから君にはジネットを紹介したくなかったのに」

「生憎(あいにく)だったな。ま、私がお忍びで留学していて君たちも運がよかったね」

楽しそうに言うキュリアクリスに、クラウスが少し考えてから言った。

「……いや、実はどのみち君をこの国に呼び込もうと思っていたんだ。もちろん、ルセル商会の権利書を取り戻すために」

「ん？　どういうことだ？」

キュリアクリスの眉間にしわが寄る。

「今回は、彼女の義母が暴挙に出たから致し方なく僕を頼ったんじゃないのか？」

「ええと……実は……」

そこにおずおずと進み出たのは、ジネットだ。

「実は、以前からお父様は私に、〝最悪の事態〟に備えて準備してくださっていたんです」

――若くして亡くなったジネットの母親は、急な病によってあっけなくこの世を去っている。父はその経験を踏まえ、いつ自分が突然いなくなっても大丈夫なように、ジネットに教育を施してきた。それが成金教育が始まった理由だ。

「それで、もしお父様が突然いなくなるようなことがあったら、お義母様ならきっと権利書を売り飛ばしてくれるだろうからって、隠し場所をわざと教えていて……」

「そうだったのか？」

キュリアクリスが周りを見渡すと、どうやら知っていたらしいサラも静かにうなずいている。

クラウスが言った。

「ジネットに打ち明けられた時は半信半疑だったが……まさか本当に言う通りになるとは。ギルバートから連絡が来た時はびっくりしたよ」

「お義母様にバレなかったのだとしたら、きっとギルバートがうまくごまかしてくれたんですね。そういえば、お父様がおっしゃっていました。『ギルバートは演技派だ』って」

言いながらジネットは想像した。

荒れ狂う義母をなだめながら、ジネットに向かってぱっちりとウィンクする壮年の家令の姿を――。

同じくその姿を想像したのかもしれない。クラウスがふふっと笑う。

「本当に彼は頼もしいね。きっと君の義母君はこれで諦める人じゃないだろうし、次はまた何をしでかしてくるやら。早く、君の父君を見つけないとね」

「はい！　商会は無事取り戻せましたし、残るはお父様のみですね！」

父は、きっと無事だと信じている。

けれどこれだけ見つからないということは、何か事情があるのだ。事件に巻き込まれたか、あるいは記憶を失ったか……。

（早く、お父様を見つけなければ！）

意気込むと、ジネットはそっと一歩踏み出した。優しいまなざしでこちらを見つめる、クラウスのもとへと。

書き下ろし短編

クラウスの友人

「初めまして。パキラ皇国の皇太子、キュリアクリス・バスビリス・エリュシオンと申します」

絹布の偽物の注意喚起を終えた後、ジネットはクラウスの友人と会っていた。長身のクラウスをさらに上回る、すらりとした上背の青年が、優雅な笑みを浮かべてジネットを見ている。

浅黒い肌に、闇を溶かしたような漆黒の髪。黒曜石の瞳は深い知性を感じさせる光をたたえ、ひと目でただ者ではないとわかる威厳がただよっている。

（ま、まさかクラウス様のご友人が、パキラ皇国の皇太子だったなんて……！）

「お初にお目にかかります、殿下。私はクラウス様の婚約者で、ジネット・ルセルと申します！」

ジネットは緊張した様子でかがむと、そっとキュリアクリスの右足に触れた。

彼が目を丸くする。

「おや。君は、我が国の挨拶を知っているんだね？」

ジネットが行ったのは、パキラ皇国で目上の人に対して行われる挨拶だった。

「以前本で見ただけのものなので、間違っていたらお許しください」

「たとえ違ったとしていても、歩み寄ろうとするその姿勢がすばらしい」

「ありがとうございます、殿下」

ジネットの硬い返事に、キュリアクリスが微笑む。

「私はキュリアクリスでいい、ジネット嬢。なにせこの国には、皇子であることを隠して来ているのだからね」

その言葉にジネットはほっとした。

あまり殿下殿下と呼んでいたら、彼が皇子だということがバレてしまう。けれど素性を知っている以上、勝手に様付けで呼んでもいいのかわからず、密かに様子をうかがっていたのだ。

「では、これからキュリアクリス様とお呼びさせていただきますね」

――今日のギヴァルシュ伯爵家には、クラウスの友人、キュリアクリスが来ていた。

クラウスがかねてより言っていたパキラの情熱的な友人とは、何を隠そうパキラ皇国の皇太子だったのだ。

(さすがクラウス様です！　他国の皇太子様ともお友達になってしまうなんて！)

ジネットは心の中でそっと拍手をした。

ヤフルスカで出会ったキュリアクリスは、パブロ公爵と同様、クラウスの論文に惹かれたらしい。

ふたりは留学先で熱い議論を交わし、国境を越えた友情を築いた。

そしてクラウスをいたく気に入ったキュリアクリスは、なんとお忍びでこの国にまで留学してきてしまったのだ。

「君から連絡が来た時は驚いたよ。しかも、手紙をもらった時には既にこの国にいたなんて。あいかわらずの行動力だね」

困ったようにクラウスが笑うと、キュリアクリスは心外だと言うように肩をすくめる。

「しょうがないじゃないか。そもそもお前が、突然帰国したりするからだ」

「きちんと挨拶できなかったことは申し訳なく思っている。けれど、ジネットの父が行方不明になったんだ。僕はすぐにでも帰らなければいけなかったんだよ」

クラウスが事情を話すと、キュリアクリスはふぅむとうなった。

「それなら仕方ないな。そんな状態の婚約者を放ってはおけないからね。……それより、どうして今さら私と彼女を引き合わせる気になったんだ？　あれほど必死に隠していたのに」

（そ、そんなにだったのですか？）

キュリアクリスの言葉にジネットが目を丸くしていると、クラウスが何でもないような顔で言い放った。

「隠しもするさ、キュリ。間違ってもジネットを、君の毒牙にかけられるわけにはいかないからね。本当は一生会わせたくないくらいだったよ」

皇族相手に不敬ともとられかねない発言だったが、キュリアクリスはそれを豪快に笑った。

「私がモテる上に強引なのは否定しないが、それは警戒しすぎではないか？　私とて、女性ならば誰にでも手を出すわけじゃない」

「もちろん女性なら誰でもとは思っていないよ。ただ、ジネットは特別なんだ」

『へえ……？　皇族である私に見初められるほど、特別だと？』

突然出て来た早口のパキラ語にも、クラウスは一切動揺しない。それどころか、キュリアクリスと同じくらい流暢なパキラ語で返している。

『もちろん。でなければ君から隠そうとはしない』

その言葉に、キュリアクリスが今度はジネットを見た。

その顔は優しく微笑んでいるが、目はしっかりとジネットを値踏みするように光っている。

ジネットは蛇に睨まれたカエルのように硬直した。

（ななな、何やら、クラウス様はお話を盛りすぎなのでは……⁉　私が皇族の方々のお眼鏡にかなうわけがないじゃないですか！　社交界でも笑われているのに！）

『確かに彼女は美しいね』

キュリアクリスは言った。ただし、その言葉に『美しいが、それだけだ』という意味合いがにじんでいるのも感じ取っていた。

一方、同じくそれを感じ取ったはずのクラウスが、なぜか嬉しそうに微笑む。

『いいんだ。僕以外の人に、彼女の良さをわかってもらおうとは思っていないから』

途端に、ぴくりとキュリアクリスの眉が動く。

『ほう？　それはまるで、私だと彼女の良さが理解できないと言っているようだな？』

『そういう意味ではないよ、キュリ。それより気を付けてくれ。たとえ君と言えど、彼女の悪口を聞いたら僕は手が出るかもしれない』

『へぇ⁉　君が手を出すことがあるのか？　……逆に見てみたい気もするな。彼女をけなせば怒るのなら、やってみようか？』

話の流れが怪しくなってきたのを感じて、ジネットはあわてて口を出した。

『きゅ、キュリアクリス様。生活でご不便は生じていませんか？　パキラと比べて、この国はとても寒いでしょう？』

ジネットがパキラ語を話すとは思っていなかったのだろう。ここでもキュリアクリスは驚いた顔でジネットを見ている。

『おや、ずいぶんパキラ語が流暢なんだね？　失礼ながら、会話がわからないかとばかり』

『幼い頃、パキラの商人がしばらく家に泊まっていた時期があったのです。その時に色々教えていただきました』

父自身は全然外国語ができないにもかかわらず、身振り手振りを駆使して友達を作る能力がずば抜けて高かった。

そんな父に代わって彼らから外国語を学び、そして時折父の通訳にもなっていたのがジネットだ。

『なるほど。訛りもなくて驚いたよ。とてもいい師だったんだね』

『はい！　とってもすばらしい方でした！　その方に教えていただいた〝チャイ〟は、今も寒くなると時々飲んでいるんです。スパイスの香りを吸い込むのが大好きで……！　いつか本場の味を飲んでみたいと思っています』

パキラ皇国式のお茶であるチャイの名が出てくるとは思っていなかったのだろう。一瞬目を見開いた後、キュリアクリスの顔がふっとほころぶ。

『チャイか。私も大好きだ。どの国に行っても、スパイスは必ず持って行くようにしているぞ。君のチャイは何を入れる？』

『私が教えていただいたのは、シナモン、カーダモン、クローブの三つです！』

シナモンの鼻をくすぐる甘みに、さわやかな香りのカーダモン。それから刺激的なクローブ。

三種が混じりあった濃厚かつ深みのある味わいを思い出して、ジネットはうっとりと目をつぶる。

『いいチョイスだ。私はそこに黒胡椒を入れたものも好きだな。今度皇宮式を飲ませてあげよう』

『本当ですか⁉　ありがとうございます！』

（本場の、それも皇宮式だなんて！　聞いただけでわくわくするわ！）

目を輝かせるジネットを、キュリアクリスは面白がるような顔で眺めている。

一方、そばで見ていたクラウスが眉間にしわを寄せて言った。

『キュリ。ずいぶん顔がにやけているじゃないか。まさかお茶のことだけでほだされたわけではないだろう？　頼むから変な気は起こさないでくれよ。彼女は私の婚約者なんだ。くれぐれも忘れないでくれ』

しつこいとも言えるほど念を押すクラウスに、キュリアクリスは大きな声で笑った。

『感心していただけさ。まさか君の婚約者が、こんなにパキラ語を喋れるとは思わなかったし、我が国についても造詣が深いようだ。ま、さすがにそれだけで惚れたりはしないから安心してほしい』

『だといいが……』

納得いかなそうにぼやくクラウスを、キュリアクリスがさらに笑い飛ばす。

『おいおい、クラウス。さすがに私とて、友人の婚約者に横恋慕したりなどしないさ』

『そうですよ、クラウス様。キュリアクリス様ともあろうお方が、私を見初めるわけないのでご安心ください！』

――けれどふたりは知らなかった。クラウスの杞憂が、のちにまんまと現実になってしまうことを。

番外編　クリスティーヌ王女の婚約（パブロ公爵）

「クリスティーヌ！　いい加減にしないか！　君は王女だという自覚はあるのか⁉」

　後ろから聞こえて来た怒鳴り声に、今まさに王宮の塀にまたがって乗り越えようとしていたクリスティーヌは振り向いた。その拍子に、まっすぐ伸びたプラチナブロンドが、太陽の光を受けてきらきらと輝く。

　意志の強そうなブルーグリーンの瞳を輝かせながら、クリスティーヌは肩を怒らせて立つレイトンを見た。

「やだ、よりにもよって一番うるさい（レイトン）のに見つかるなんて、今日はついていないわ……」

「一番うるさいとはなんだ一番うるさいとは！」

　ぷりぷりと怒りながら、背の低い熊のようにどっしりとした体格の、今年二十五になるレイトンが近づいてくる。

「言っておくけど、私は君の侍女たちに頼まれたんだからな！　『姫様を止められるのはレイトン様しかいないんです助けてください！』って！　ほら、降りて！」

　言いながら、髪と同じ茶色の眉を吊（つ）り上がらせたレイトンが大きな手を差し出してくる。クリスティーヌは諦めたように息をついた。彼に見つかってしまった以上、今日の脱走は無理だろう。

しぶしぶレイトンの手を取ると、クリスティーヌはぴょんと塀から飛び降りた。そんなクリスティーヌの体を、レイトンが軽々と受け止める。彼は意外と力持ちなのだ。

「まったく、君という人は！　足を人目にさらけ出すだけでもとんでもない恥だというのに、塀に登って王宮から脱走しようなどと！　少しは世の中の淑女たちを見習ったらどうなんだ！　大体、女性というものは目立たず大きな声を出さず、しとやかに微笑んでこそというもので――」

くどくどくどくど。こうなったら彼のお説教は止まらない。クリスティーヌはうんざりしたように言った。

「出たわね。あなたの『女性はこうであるべき論』。お兄様の友達の中でも、ここまで頭がカチンコチンで旧時代なのはあなたぐらいのものよ、レイトン。頭で釘が打てるのではなくって？」

レイトン、またの名を次期パブロ公爵家当主は、王太子である兄の相談役の中でもひときわ口うるさい人物だ。他の貴公子たちなら脱走を見逃してもらえることもあるのだが、レイトンだけは別。見つかったら間違いなく連れ戻されていた。それも、なが～いお説教付きで。

「僕の頭が固いんじゃない。君が奔放すぎるんだ！　まったく……。この国にいられるのも残り少ないというのに、これ以上陛下や王妃様を心配させるような真似はやめてくれ！　君に何かあったら、下手すると国際問題にまで発展するんだぞ⁉」

この国の第一王女であるクリスティーヌは、十七歳を迎える半年後に輿入れすることが決まっている。嫁ぎ先はひとつ国を挟んだ隣国のパキラ皇国だ。

この結婚はパキラとこの国の結束を強めるための政略結婚であり、もしクリスティーヌの身に何かが起き、輿入れできないということになれば、当然パキラとの関係悪化にも繋がる。

「もちろんわかっているわ。わかっているからこそ、今のうちに心残りを無くしておきたいんじゃない」

言って、クリスティーヌはすねたようにふいと目をそらした。いつも生き生きと輝くブルーグリーンの瞳が、今は寂しそうに細められるのを見てレイトンが目を見開く。

「あなたも知っているでしょう？　輿入れと言っても、パキラ皇国の婚姻は、一夫一妻である我が国とは全然違うのよ。後宮と呼ばれる場所に、他にもいるたくさんの妃とともに放り込まれて、二度と外には出られないのですって」

友好のために嫁ぐクリスティーヌは、たとえ寵愛を受けることがなかったとしても、後宮で雑な扱いを受けることはないだろう。それはとても恵まれたことだとわかっている。

（それでも、やっぱりわたくしは閉じ込められるのは嫌……）

――クリスティーヌは、王宮の外にある世界を見るのが好きだった。

時々王宮から抜け出してはこっそり街の中に紛れ込み、人々の営みを見るのが好きだった。見たこともない器具を使う料理人たちや、どうやって作っているのだろうと思うような見事な細工を作る職人たち。そんな商品を店に美しく並べて言葉巧みに売る商人たちなど、街で見るものはすべて目新しく、また憧れだった。

クリスティーヌはたまたま第一王女として生まれたおかげで、声を掛けるだけで着替えも食事も無限に出てくる。だが、どうやったら果物がおいしいケーキになるのかを知らないし、野菜が、どうやったらおいしいシチューに変わるのかを知らない。

知らないからこそ、学びたかった。

そんなクリスティーヌに舞い込んできたのが、まさかのパキラ皇帝との婚姻だ。

政略結婚は王女の運命であり、好きな人に嫁げないだろうと覚悟していたものの、後宮入りは予想外だった。

「だから今だけ見逃してくれない？　ね？　婚姻前に、せめて国をできるだけたくさん見ておきたいのよ」

祈るように両手を組み、クリスティーヌは目をうるうると潤ませながら上目遣いでレイトンを見る。他の貴公子たちを説得するのに使った必殺泣き落としだ。

だが。

「だめだ。危険すぎる」

仏頂面（ぶっちょうづら）のレイトンを前に、ばっさりと斬り捨てられた。

すとん、と地面に降ろされながら、クリスティーヌが文句を言う。

「んもう！　レイトンのばか、けちんぼ、わからずや！　何も婚姻から逃げ出そうってわけじゃないんだから、最後の思い出作りぐらいいいじゃない！　ただでさえあなたたちと違っていつでも外に出られるわけじゃないのに、後宮に入ったらもう二度と……二度と外には出られないのよ……」

言って、うっかり本気で涙がにじみそうになってしまう。クリスティーヌはあわててぐっと奥歯を噛（か）み締めた。

（わたくしのばか。本気でめそめそはしないって、決めたはずなのに）

嘆いても婚姻が取りやめになることはなく、両親や兄をいたずらに心配させるだけ。それなら最後は明るく、笑って過ごしたい。見逃してくれた貴公子たちだって、クリスティーヌのそんな気持ちを汲（く）んでくれたはずだ。

今のは演技じゃないことに、レイトンも気付いたのだろう。彼がハッと息を呑（の）む音がして、クリスティーヌはすぐさま微笑んでみせた。それから気まずさをごまかそうと、早口でペラペラと喋（しゃべ）る。

「……なんてね！　今あなた、わたくしに騙（だま）されそうになったでしょう？　別に本気で言っているわけじゃないから、お兄様たちには内緒にしてね？　みんな本当に心配性なんだから。わたくし、巷（ちまた）では『おてんば』なんて呼ばれているけれど、こう見えてわきまえる時はちゃんとわきまえているの。心配する必要なんてどこにも――」

「わかった。なら、君の『最後の思い出作り』をしよう」

「……えっ？」

突然の言葉に、クリスティーヌは目を丸くした。

先ほどまで頑（かたく）なに「だめだ」と言っていたのは他ならぬレイトンだ。それが、こんなにあっさりと真逆のことを言い出すなんて。

「その代わり、やるならこんな脱走のような形ではなく、きちんとするんだ。陛下にも殿下にも許可をとって、その上で私が護衛として付き添おう。期間は一か月。すぐに許可をとってくるから、その間に君はやりたいことを全部紙にまとめて――」

「ま、まってまって、そんな急に言われても困るわ！」

戸惑うクリスティーヌを置いて、レイトンがサクサクと段取りを決めていく。彼は見た目的には肉体派だが、意外と頭脳派でもあった。

言葉をさえぎったクリスティーヌを、レイトンのヘーゼルの瞳がじっと見据える。

「……やらないのか？」

「もちろんやるわ！」

クリスティーヌは身を乗り出した。話の流れが急すぎて一瞬ついていけなかったが、願ってもいないことだ。

「よろしい。なら陛下に話をつけてくる」

――こうしてとんとん拍子に、クリスティーヌの『最後の思い出作り』は始まったのだった。

◆

「それで、何がしたいのかまとめてきたのか？」

王宮の一室。目の前で腕を組んで、ずんと立ちふさがるレイトンの言葉に、クリスティーヌはうなずいてみせた。それから、やりたいことを書いた紙（リスト）をスッと取り出す。

「もちろん、書いてきたわ。まずは――」

「待て！　その前に、今その紙をどこから出した⁉」

「え？」

なぜかあわてた顔のレイトンにさえぎられて、クリスティーヌはきょとんとした。

「どこって……ここだけれど？」

言いながら指したのは、ドレスの襟ぐりから覗く豊かな胸の谷間。ドレスにはポケットがついていないため、ここは何かと収納に便利なのだ。

「きききききき、君という人は‼」

途端に、レイトンの顔が真っ赤になった。クリスティーヌがくすくす笑う。

「嘘？　あなた二十五にもなって知らなかったの？　令嬢たちも、結構ここに入れていることが多いのよ。……見たことない？」

「そそそっそんなところを、紳士の私がじろじろ見るわけないだろう！」

言いながら、レイトンはサッとハンカチを取り出してクリスティーヌの胸元を隠すように広げた。

「そもそも‼　女性がこんな、む、胸元の見えるドレスを着るのはよくない！」

「出たわね。社交界でそんなことを言っているのはあなたぐらいよ」

令嬢たちは皆、普段からここぞとばかりに豊かな胸を見せつけるようなドレスを着ている。それにいちいち目くじらを立てている人物なんて、レイトンぐらいのものだろう。

「それより、本題に入ってもいい？　わたくし、ずっとやりたかったことがあったの！　あなたが手伝ってくれるなら、実現できるんじゃないかと思って」

言いながら、クリスティーヌは嬉々とした顔で『やりたいことリスト』が書かれた紙を広げた。

◆

数時間後。

「うぐぐ……。全然出ないわね……！」

ンモォ～と間延びした牛の鳴き声が響き渡る牧場で、町娘のような服に着替えたクリスティーヌが牝牛相手に格闘していた。

そこへ、場にそぐわない貴族服を着たままのレイトンがきびきびと言う。

「乳しぼりのコツはこうだ。根本をしっかりと握り、親指と人差し指をくっつけて輪を作る。それから中指、薬指、小指の順番でしぼる！」

言いながら、レイトンがビュービューと勢いよく牛の乳をしぼり出す。貴族服を着た姿は周りの風景となんともちぐはぐで、クリスティーヌの目が丸くなる。

「レイトン……あなた手慣れているのね？」

「これくらい簡単だ」

表情を変えずに、レイトンが淡々と乳しぼりを続ける。

――ふたりは今、『最後の思い出作り』に来ていた。クリスティーヌが作ったリストの中にある、『牛の乳しぼりをしてみたい』という夢を叶えにきたのだ。

パブロ公爵領にある牧場の主はレイトンとも顔なじみらしく、クリスティーヌの要望を伝えると、いともあっさり乳しぼり体験をやらせてくれることになったのだ。

結局、その日クリスティーヌが散々格闘した末に得られたものは、お椀一杯の牛乳だけ。

けれど、初めて飲んだしぼりたての牛乳は、今まで飲んできたどんな飲み物よりおいしかった。

◆

二日目。

クリスティーヌは、今度はパブロ公爵領にあるリンゴ農家に来ていた。

リストに書かれていたのは『果樹の果物をもいでみたい』だったのだが、収穫のタイミングが合わず、仕方なくリンゴの摘果と呼ばれる間引き作業を体験することになったのだ。

「わたくし……リンゴって、一個一個、等間隔で木になるものかと思っていたのだけれど、そうじゃなかったのね？」

一箇所にたくさん実った、リンゴの元となる小さな実を見ながらクリスティーヌは驚いたように言う。少なくとも本で見たリンゴの絵は、こんな風にいくつもの小さな実は連なっていなかった。

隣では飄々とした顔のレイトンが、太い指でぷちんぷちんと手際よく実をもいでいく。

「それは人の手が加わった結果だ。リンゴは放っておくと、意外とたくさん実がなる。だから間引きしてやらないといけないんだ。ここでは小さなものを、一、二個とるといい」

「わかったわ！」

レイトンの教え通り、どんどん不要な実をもいでいく。牛の乳しぼりと違って、こちらはクリスティーヌにも簡単にできたため、始終ご機嫌だった。

◆

三日目。

「やっぱり、ほんものの、クワ、は、重い、わねっ！」

ぽかぽかとした陽気の中、農作業着を着たクリスティーヌは勢いよくクワを振り上げていた。『畑を耕してみたい』という願いを叶えるために、農家に来ているのだ。

けれど危なっかしいクリスティーヌの動きに、見守る農家の主人がハラハラと声をかける。

「よ、よいんですかねえ……？　王家のお姫様に、こんなことをさせるなんて……！」

「大丈夫よ！　責任はすべてわたくしがとるわ。あなたたちにおとがめが来ることはないから心配しないでちょうだい。……っとと」

話しているうちに重心がずれ、よろめいてしまう。そんなクリスティーヌを見ておかみが悲鳴を上げる。

「ああ、姫様！　くれぐれもお気を付けください！　万が一にもお体に傷がつかぬよう！」

「心配かけてごめんなさい。でも大丈夫よ、わたくしももう少ししたら慣れるはず……ってあら？」

それから顔を上げてはたと気付く。目の前では、同じく農作業着を着たレイトンが、ザクッザクッザクッとものすごい速さで畑を耕していた。その動きは初心者丸出しのクリスティーヌと違って、手際よく小気味よく、どう見ても玄人(プロ)の動きだ。

「レイトン……あなた、畑を耕したことがあるの?」

目を丸くして尋ねると、当然とばかりにレイトンはうなずいた。

「男として、これぐらいやらねば」

「男としてって……。ねえ、ここ数日ずっと不思議に思っていたんだけれど」

眉をひそめながら、クリスティーヌは聞いた。

「乳しぼりの仕方に、リンゴの間引き方に、畑の耕し方まで……どうしてあなたはそんなことを知っているの? わたくしが言うことじゃないけれど、あなたは公爵家の跡継ぎでしょう?」

公爵家と言えば、王家に次ぐ大貴族だ。彼が王女であるクリスティーヌを呼び捨てにしても許されるのは、ひとえに彼が公爵家嫡男であり、幼い頃からクリスティーヌや王太子である兄と、幼なじみとして育ったからに他ならない。

当然、大貴族のやるべき仕事は領地管理であり、王族補佐である。農民がやるような仕事とは、無縁のはずだ。

にもかかわらず、レイトンはそれらの仕事に手慣れすぎている。

問いかけてから、クリスティーヌはクワを置くとずかずかとレイトンに歩み寄った。それから彼の手を掴(つか)み、手のひらを見てあっと声を上げる。

そこにあるのは、なよやかな貴公子たちの手のひらとは違う、厚く硬い手のひらだった。レイトンは一時期騎士団に在籍していたため、剣ダコがあるのは予想していたが、手のひらにはそれだけではないたくさんのマメがあった。その手はまるで、農民の手のように節くれだっている。

目を丸くして見つめるクリスティーヌに、レイトンがしれっと答えた。

「私はいつも言っているだろう。女性は貞淑であれと。しとやかで、品よく、いつも微笑んでいればいいと」

「それは知っているけれど……それとこれと一体何の関係があるの？」

「大ありだ。女性がしとやかに品よく、いつも微笑んでいるためには、男が頑張らなければいけないだろう？」

何を当然のことを、と言わんばかりの態度で言われてクリスティーヌはぽかんとした。

「えっと……どういうこと？」

「いいか。女性が美しく優雅でいるためには、金がかかる。それに、家や身だしなみをいつも綺麗(きれい)に整えるために、使用人を雇う金もいる。私は次期公爵だから金には困らないと思いたいが、この時勢、何が起こるかわからない。万が一戦争が起きて我が国が負けた場合は、家や爵位だって一瞬で失うかもしれない。でも、そんな時でも農作を知っていたら、少なくとも飢えさせずにすむだろう？」

大真面目に、真剣な表情で語るレイトンを、クリスティーヌは目を丸くして見つめた。

「つまりあなたは……何が起きても女性に苦労をかけないよう、農作や酪農を学んでいるってことなの？」

「そうだ」

ためらいなく力強くうなずかれて、クリスティーヌは我慢できずに吹き出した。

「ふっ、あははは！」

「なっ！　何がおかしい⁉」

「だって、レイトン。まさかあなたがそんなことを考えていたなんて！『女は慎ましくあれ』主義なのは知っていたけれど……」

口を押さえてくすくす笑っていると、むっつりと顔をしかめたレイトンが言う。

「そ、そんなにおかしいことではないだろう……。私以外の男性だって、きっと同じことを思っているはずだ。……多分」

「そうかしら？　お金の面で苦労させないはともかく、何かあった時にそなえて実際に農作まで手を出しているのはあなたぐらいだと思うわよ？」

「そうなのか⁉」

衝撃を受けるレイトンを見て、クリスティーヌはまたくすくすと笑った。それから、頭を抱えてうめくレイトンの肩をぽんと叩く。

「でも、お世辞抜きで本当にすごいわ。きっとあなたの妻になる方はとっても幸せになるのでしょうね……。あら？　そういえばあなたは、まだ結婚しないの？」

言いながらクリスティーヌは思い出していた。

レイトンは今年二十五歳だ。悠々自適な独身貴族を楽しむ男性も少なくないが、そろそろ結婚適齢期であることも事実。

　だがクリスティーヌがそう聞いた瞬間、レイトンの瞳から蠟燭の火が消えるように、フッと光が消えた。

「……結婚は、しない」

「どうして？　あなたは見た目こそ熊さんみたいだけれど、引く手あまたなのはわたくしだって知っているのよ？　もし意中の令嬢がいるのなら、わたくしが口利きすることだってできるわ。あなたにはいつもお世話になっているし――」

「その話は、君であってもしたくない」

　吐き捨てるような冷たい声に、クリスティーヌは自分が一線を踏み越えたことに気付いた。怒ったようにスタスタと歩いていくレイトンに向かって、あわてて声をかける。

「ごめんなさい、レイトン！　わたくしとしたことがつい、個人的なことに立ち入りすぎてしまったわ。お願い、謝るから許して。もう聞いたりしないから！」

　彼は普段からぷりぷりとしているが、本気で怒った時の圧は尋常ではなく、王太子である兄ですらたじろぐほど。しかも、一度怒るとてもめんどくさいのだ。前に無断で馬に乗って危うく落馬しかけた時なんか、怒って数か月口を利いてもらえなかった。

　結局、その後はクリスティーヌがあの手この手で散々謝り倒して、ようやくなんとかレイトンの怒りを解くのに成功した。

（まだまだやりたいことは山のように残っているのよ。今ここでレイトンにそっぽを向かれなくて、本当に良かった！）

ずらっと書かれた『やりたいことリスト』に比べて、『最後の思い出作り』の期限は一か月しかないのだ。こんなところで喧嘩（けんか）している場合ではない。

それからクリスティーヌはレイトンをひっぱりまわし、時に助けられながら、どんどんとリストを消化していった。

ある日は羊とともに牧草地を走り回り、ある日は機織（はたお）り機と格闘する。魚を釣るためにミミズを釣り針につけたし、鶏（にわとり）が産んだ卵を朝一で回収しに走り回ったりもした。街では屋台での買い食いを楽しみ、服を貸してもらって一日看板娘体験をしたことも。そして、しぶるレイトンに頼み込んで、男装してキャバレーに連れて行ってもらったのもいい思い出だ。

どれもが楽しく刺激的で、願いをひとつ叶える度にクリスティーヌは行儀も忘れ、声をあげて笑った。そうするとまたレイトンに注意されるのだが、心なしか、彼も楽しそうだった。

一日一日が、宝石のようにキラキラと輝く、そんな毎日だった。

「――本当に一か月って、あっという間。もうちょっとゆっくりでもいいのに」

大聖堂の時計台から顔をのぞかせながら、クリスティーヌは沈みゆく夕日をまぶしそうに見つめた。南国の海を生みわせる鮮やかなブルーグリーンの瞳が、今は切なげに細められ、ゆらゆら、ゆらゆらと夕日に照らされた海面のように揺れている。

そんな彼女が誤って落ちないようにしっかりと支えながら、レイトンが尋ねた。

「もうまもなく、約束の最後の一日が終わるのだぞ。ここでのんびり夕日を見ていてよいのか？時間がもったいないのでは……」

「もう。レイトンったら本当に情緒がないわね。リストの消化も大事だけれど、最後の一日なのよ？少しは感傷に浸らせてよ」

「す、すまない」

指摘されて、レイトンがあわてて謝る。クリスティーヌはぷっと笑った。

「でも、それもあなたらしいわね。何事も即断即決で現実重視。その行動力と思い切りの良さのおかげで、わたくしも最後にたくさん思い出をつくれたわ。もう思い残すことはない……と言ったら嘘になるけれど、心の整理はついたわ」

（わたくしは友好のためにパキラ皇国に嫁ぎ、後宮に入って、そこで一生を終える。——それが王女であるわたくしの務めだものね）

顔を上げて、はるか空のかなたを見る。あの雲の向こう、灼熱(しゃくねつ)の太陽がぎらぎらと照り付ける地にパキラ皇国はあるのだ。

「……クリスティーヌ、君は」

「ん？」

話しかけられて、クリスティーヌがレイトンを見る。けれどヘーゼルの瞳が揺れたのは一瞬だけで、すぐに彼はふいと目をそらした。

「……いや、何でもない」

「何よ、気になるじゃない。最後まで言いなさいよ」

詰め寄ると、レイトンがバツの悪そうな顔になる。

「悪かった。何でもないんだ、忘れてくれ」

「あっ、そうやって何事もなかったことにしようとするのね？　そうはさせないわよ！」

言うなり、クリスティーヌはがばっとレイトンに飛びついた。

「⁉」

それから目を丸くする彼の服を引っ張ってぐっと自分の方に引き寄せると、クリスティーヌはレイトンの唇に自分の唇を押し付けた。

「……っくくくく、クリスティーヌ⁉」

次の瞬間、ぼんっと顔を真っ赤にしたレイトンがのけぞって叫んだ。その顔を見ながら、クリスティーヌがにやりと笑う。

「……ふ。やってやったわ。やりたいことリストの『キスをする』を達成よ！」

「なんっ⁉　なんてことを君は‼　王女として、いや女性としてあるまじきっ……‼」

予想通り顔を真っ赤にして怒るレイトンを置いて、クリスティーヌは笑いながらさっさと階段に向かって逃げていく。

「堅苦しいことを言わないで。たった一回だけじゃない。あ、それともまさか、初めてだったの⁉　ごめんなさい。あなたの初めて、わたくしが奪ってしまったわ！」

「クリスティーヌ‼」

レイトンの怒鳴り声を聞きながら、クリスティーヌはからからと笑って階段を下りた。

――紙には書いていなかったが、やりたいことリストの最後は、『好きな人とキスをすること』だ。

十三の時にパキラ皇国に嫁ぐと決まってから、武骨な幼なじみに対する想いはずっと封印してきた。それをほんの少しだけ、自分に許したのだ。最後の最後に、彼に口づけることを。

（パキラ皇帝だって、これぐらいは許してくれるわよね？）

帰りの馬車の中で、レイトンはずっと無言だった。眉間に深いしわが刻まれているあたり、今度こそ本気で怒らせたのかもしれない。

（仕方ないわ。レイトンは、女性のはしたないふるまいが大嫌いだもの。……わたくしのことも、軽蔑しているのかもしれないわね）

こうなることは覚悟の上。それでもクリスティーヌはやりたかった。

だって、クリスティーヌはこの先、何年、何十年と後宮で生きていかねばいけないのだ。これぐらいの思い出は欲しかった。

◆

けれど、彼の怒りは、クリスティーヌが思っていたよりもずっと深かったらしい。

ふたりが最後に出かけた日を境に、レイトンはぷっつりと王宮に姿を見せなくなってしまった。

それどころか、社交界でも彼の姿を見たものはいないのだという。

父や兄なら何か知っているかと問い詰めてみたものの、彼らもただただ困惑しながら首を振るばかり。

そうしてレイトンが行方不明になってから、一か月が経ち、二カ月が経ち、三か月が経ち――。

気付けば、あっという間にクリスティーヌは輿入れする日を迎えていた。

部屋の中、侍女たちに花嫁衣装を着せられながら、クリスティーヌが暗い気持ちで考える。

(とうとう、この日が来てしまった……。こんなことなら、何もしない方がよかったの？　そうしたら、残り少ないこの数カ月の間だけでも、前と同じように言葉を交わせていたのかしら……)

せめて、最後に一度顔を見たかった。

口には出せない想いを飲み込んでうつむいていると、バタバタと足音がして、焦った顔の侍女が部屋に飛び込んでくる。

「姫様、急いでお支度を！　どうやら、パキラ皇帝が直々にいらしているようで……！」

「皇帝が？」

その言葉に、にわかに部屋の中が騒がしくなる。あわてて支度を終えたクリスティーヌは、父王に呼び出されるまま、謁見の間へと急いだ。

(なぜ、皇帝がわざわざここに……？　花嫁を迎えに来たなんて話、聞いたことがないのに)

通常、輿入れは粛々と行われるものであり、皇帝が花嫁の祖国に迎えにくるなんて聞いたことがない。クリスティーヌと皇帝は会ったことすらないため、先方が待ちきれなくなって迎えに来たという可能性も低い。

疑問を抱えながら行った謁見の間では、国王夫妻である両親と兄と、それからこの国では見たことがないような豪奢な衣装に身を包んだ男——パキラ皇帝がクリスティーヌを待っていた。

『やあ、こちらがクリスティーヌ姫か。これはまた、なんとも美しい』

黒い髪に、日に焼けた肌。黒い瞳は鷹の目のように鋭く力強く、父である国王とは違った圧迫感を放つ美丈夫だった。年の頃は、レイトンより十歳ほど上ぐらいだろうか。クリスティーヌは無言のまま、淑女らしい優雅なお辞儀を返す。

そんなクリスティーヌを見て、皇帝がまたふぅむとうなる。

『これは少し早まってしまったな。こんなに美しいのなら、あの男の言うことなど聞かず、黙って我が後宮に連れ込んだ方がよかったかもしれぬ……』

（あの男？）

皇帝の流暢なパキラ語をなんとか聞き取りながら、クリスティーヌは疑問に目を細めた。そこへ、懐かしい声が響く。

『陛下、私との約束を忘れないでいただきたい！』

皇帝の後ろからスッと進み出て来たのは、まぎれもなくレイトンその人だった。

（レイトン……⁉　でも、なんだか雰囲気が……）

彼の姿は、最後に会った時よりもずいぶん様変わりしていた。

やや丸みを帯びていた顔も体も、ぎゅっと引き締められて猛々しさが加わっている。鎧を着ているにもかかわらず、その上からでもたくましい筋肉が存在を主張し、無駄をそぎ落とされた顔には、武人のような精悍さと凄みが浮かんでいた。

レイトンの飛ばした鋭い牽制に、皇帝が顔をしかめる。

『わかっている。レイトン、お前は私との約束を果たした。だから今度は、私がお前の願いを聞き入れる番だ』

わけがわからず困惑するクリスティーヌに、兄が状況を説明してくれた。

いわく、レイトンはクリスティーヌと別れた翌日には、手紙を残して私兵とともにパキラ皇国へ旅立っていたらしい。

そして『長年皇国を困らせていた南の部族を制圧する代わりに、成功した暁には褒賞としてクリスティーヌ姫を妻にもらい受けたい』と言ったのだと。

『驚いたよ。突然肌の白いずっしりした奴がやってきたと思ったら、変なことを言い出すのだから。よくわからないが面白そうだし、じゃあやってみろと言ってみたら、本当に数か月もたたないうちに部族長の首ねっこをひきずってくるしな』

言いながら、パキラ皇帝がクリスティーヌを見る。その目は笑っていた。

『南の部族はな、我々も何度も苦戦を強いられてきた目の上のたんこぶだったんだ。そんなところ相手に一体何をやるのかと思ったら……あの見た目でまさかの知略だぞ？　誘導と罠を使ってごっそり戦力を削っただけでも拍手喝采ものだったのに、その後のレイトンの暴れっぷりと言ったら』

言って、皇帝が心底愉快そうに笑う。

『剣じゃなくて、巨大な鉄槌で敵をバッサバッサと吹き飛ばす様は、いっそ爽快感すら感じるほどだったらしい。聞けば、戦場では敵に〝地獄から来た筋肉だるま〟と呼ばれていたらしいな』

（き、筋肉だるま？）

聞いたことのない単語に首をかしげていると、気付いたらしい皇帝が言い直す。

『ああ、この国にはまだ〝だるま〟は知られていないのか？　失礼。〝地獄から来た鬼神〟とでもいえばいいかな』

（鬼神……!?　レイトンは騎士団の中でも好成績だとは聞いていたけれど、まさかそんな才能もあったなんて）

クリスティーヌがちらと見ると、彼は若干居心地悪そうに眉間にしわを寄せていた。誉め言葉にあまり喜ばないタイプなのだ。

『陛下。私の話はいいので、それより本題へ……』

『そうだったな。こんな美しい女性をみすみす逃すのは心底残念だが……皇帝たるもの、約束は守らねば』

そう言ったパキラ皇帝が、父王を見てうなずく。どうやら父も既に話を聞いているらしく、その顔はおだやかだ。続いて皇帝がクリスティーヌを見る。

『クリスティーヌ姫よ。そなたとの婚約は、解消する。もう、そなたは自由だ。……ほら、これでいいのだろうレイトン？』

皇帝の声に、今度はレイトンが力強くうなずいた。その瞳は見たことがないほどキラキラと輝いている。レイトンの姿に、皇帝は呆れたように言った。

『まったく、ご褒美をもらった子どもみたいな顔をしているなお前は。戦場のあばれっぷりとは別人のようだ。……さあ、お膳立てはしてやったぞ』

皇帝の声に、レイトンがずいとクリスティーヌの前に出てくる。その顔は珍しく緊張しており、こちらを見ようとはしない。彼はしばらく深呼吸を繰り返したかと思うと、おもむろにその場に片膝をついた。それから。

「クッ、クリスティーヌ王女よ」

一瞬声が裏返った。後ろでは皇帝が吹き出さないよう必死に我慢している。

「昔から……ずっと君のことが好きだった。私はその……見目麗しい方ではないし、歳も離れているし、君は既に婚約していたから諦めようと思っていた。だが……どうしても諦めきれなかった。だから、君を取り戻したくてパキラに行った」

その顔は、今や耳まで真っ赤だった。

「……クリスティーヌ王女よ。こ、こんな私と、どうか結婚してもらえないだろうか！」

「レイトン……」

クリスティーヌは目を丸くした。

それから、がばっとレイトンに飛びつく。

「おわっ！　危ないじゃないか、クリスティーヌ！」

驚いたレイトンが、クリスティーヌを抱えたまま急いで立ち上がる。足元がふわりと浮く感覚にも構わず、クリスティーヌはぎゅっとレイトンの太い首を抱きしめた。

「嬉しいわ、レイトン。わたくし、あなたのお嫁さんになれるのね？　それなら、あなたともっとデートすることも、あなたと結婚式をあげることも、結婚一年ごとにうんとお祝いすることも、全部できるのね？」

顔を上げて彼を見れば、レイトンはこちらを見て微笑んでいた。

「もちろんだ。君の『やりたいことリスト』を、これからたくさん一緒にやろう」

クリスティーヌは満面の笑みになった。

「それならわたくし、子どももうんとたくさん欲しいわ！　最低でも男女それぞれ三人ずつぐらい！　だから早く子作りを――」

「まっまて、クリスティーヌ！　それ以上はいけない！」

途端に、大きな手がクリスティーヌの口をふさいだ。見れば、彼の顔がまた真っ赤になっている。

「もご、もごごごご（あら、ごめんなさい）」

あちゃーという顔で顔を押さえる両親や兄の顔を見ながら、クリスティーヌは謝った。

それからにっこりと微笑んで、皆が見守る中、レイトンの唇に自分の唇を押し付けた。

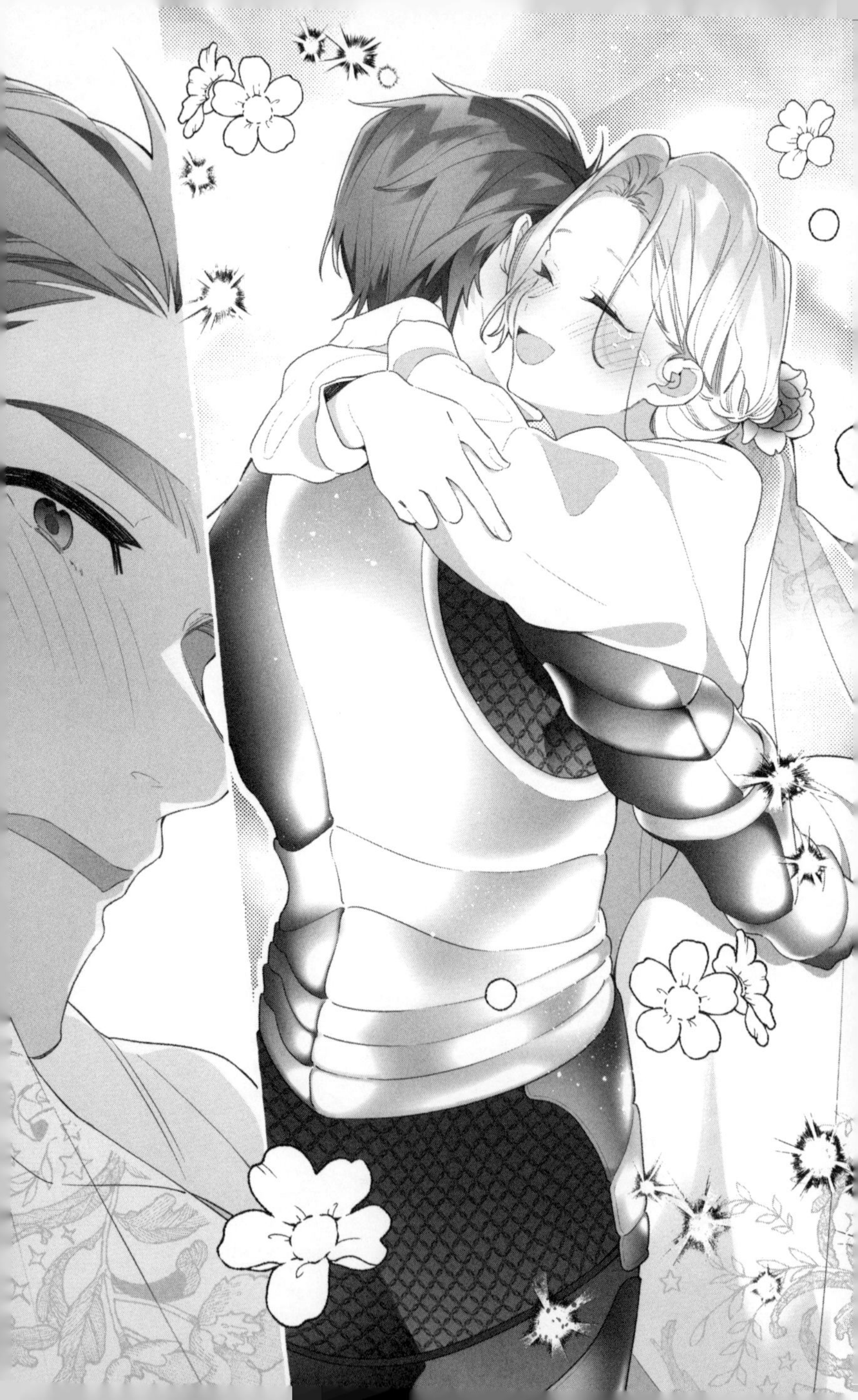

あとがき

初めましての方も、そうでない方もこんにちは。宮之みやこと申します。

この度は『隠れ才女は全然めげない～義母と義妹に家を追い出されたので婚約破棄してもらおうと思ったら、紳士だった婚約者が激しく溺愛してくるようになりました⁉～』を手にとってくださり、ありがとうございます。


もしかしたら他の作品で既にご存じの方もいるのかもしれないのですが、私は、

「君との婚約を破棄……しない！」

という展開がなぜか大好物でございまして……！　今回もその性癖に忠実に書いているうちに、気付けば超鈍感&超ポジティブなヒロイン、ジネットが誕生しておりました。


本作のヒロインであるジネットは、放っておくと本当にどこまでも自分の力で羽ばたいていってしまう女の子なので（条件さえそろえば、国境もサクッと飛び越えていきます）、クラウスがもしマセソン商会やパブロ公爵との面会を許していなかったら、今（一巻終わり）のようにはジネットのことを囲めていなかっただろうなと思います。

仮にマセソン商会がなかった場合、ジネットはギヴァルシュ伯爵家に引っ越したとしても、うずうずしてどこかしら商売に飛び出していくのは間違いありません。そうして飛び出していった先で

偉い人に気に入られてしまったり、どこぞの令息やら王子やらを引っかけてきてしまったり……そんな未来が簡単に想像できます。
マセソン商会を立ち上げて任せたことも、パブロ公爵の家に連れて行ったことも、クラウスはジネットが喜ぶからと考えてしたことなのですが、結果的にそれがクラウス自身を救うことにもなったので、きっと他の誰でもない彼が今一番ほっとしているのだろうなと思います……。笑。

そんなパワフルなジネット&苦労人なクラウスのお話が、こうして本として世に出られたのも、ひとえにものすごい熱意で打診をくださった担当様のおかげです。本当にありがとうございます。
また、読者にすら牽制をかけてくる嫉妬メラメラが最高にときめくクラウス様、元気いっぱいぽわぽわで、可愛すぎて永遠に見ていられるジネットを描いてくださいました早瀬ジュン様、尊敬語と謙譲語が苦手すぎる私を助けてくださった校正様、大変エモーショナルな表紙を作ってくださったデザイナー様、及び関係者の皆様方に心よりのお礼を申し上げます。
そして手に取ってくださった皆様が、少しでも楽しんでいただけますように、心より願っております。

……といってもまだジネット父は行方知れずのままなので、よければもう少しお付き合いいただけると嬉しいです。

宮之みやこ

DRE NOVELS

隠れ才女は全然めげない
～義母と義妹に家を追い出されたので婚約破棄してもらおうと思ったら、
紳士だった婚約者が激しく溺愛してくるようになりました⁉～

2023年6月10日　初版第一刷発行

著者　宮之みやこ
発行者　宮崎誠司
発行所　株式会社ドリコム
〒141-6019　東京都品川区大崎2-1-1
TEL　050-3101-9968
発売元　株式会社星雲社（共同出版社・流通責任出版社）
〒112-0005　東京都文京区水道1-3-30
TEL　03-3868-3275
担当編集　小原豪
装丁　AFTERGLOW
印刷所　図書印刷株式会社

ISBN978-4-434-32105-4

ファンレター、作品のご感想をお待ちしております。
右のQRコードから専用フォームにアクセスし、作品と宛先を入力の上、
コメントをお寄せ下さい。
※アクセスの際に発生する通信費等はご負担ください。